# 原始风景

迟子建

作家出版社

# 目录

原始风景 …………………… 001

麦穗……………………………058

岸上的美奴 ………………… 106

白银那 ……………………… 161

# 原始风景

## 引　子

　　当我想为那块土地写点什么的时候，我才明白胜任这项事情多么困难。许多的往事和生活像鱼骨一样鲠在喉咙里，使我分外难受——我不知道自己应该把它吐掉好还是吞下去好。当我放下笔来，走在异乡的街头，在黄昏时刻，看着混沌的夕阳下喧闹的市场和如潮的人流，我心底有一种说不出的失落感。我背离遥远的故土，来到五光十色的大都市，我寻求的究竟是什么？真正的阳光和空气离我的生活越来越远，它们远远地隐居幕后，在不知不觉中已经成为我身后的背景，而我则被这背景给推到前台。我站在舞台上，我的面前是庞大的观众，他们等待我表演生存的悲剧或者喜剧。可我那一时刻献给观众的唯有无言的沉默和无边的苍凉。

夜晚坐在桌旁，我感受不到沁人心脾的寒意，风沙像烈马一样奔驰在印满无数世纪的辛酸与耻辱的苍老的屋檐下，树叶和花在风中以不同的姿态竞争生存。我的笔反反复复地写着那些我写不完的故事——厌倦了的故事。我的头发在风中散开，灰尘与暑热同时折磨我的每一根神经。我知道，有雾的天气已经消失在我的童年了，我的头发很难再感染它的清新、凉爽和滋润了。

我十分恐惧那些我熟悉的景色。那些森林、原野、河流、野花、松鼠、小鸟，会有一天远远脱离我的记忆，而真的成为我身后的背景，成为死灭的图案，成为没有声音的语言。那时或许我连哭声也不会有了，一切会在静无声息的死亡中隐遁踪迹，那么，我的声音将奇异地苍老和寒冷。

生活在那里的人们，他们对寒冷、冰霜的感觉或许已经因为司空见惯而有些麻木了，他们居住的那些古色古香的房屋已经成为人类一个微妙的组成部分。我熟悉的那些人，有的已经死去，有的却还活着。活着的也有正预备着死去的，而他们家族的成员却绿油油地成长起来了。我所熟悉的场景，那些草墩上的野菜，一道道银蛇似的灵巧的小溪，以及公路、桥梁、夏日的河滩、冬日的雪场，却因为久久的远离而变得愈发亲切、愈发清晰了。我知道我的文字只有在这一时刻才变得格外真实和有情。当我看着一架四轮马车辘辘穿过街头，我一直认为它的方向是朝我所向往的那片土地去的，我的笔将跟随它的踪迹，走久远的路，去叙述那些朴素而结实的往事。

## 上部　发生在灰色庄园里的故事

我长大以后回忆生活场景的时候，有一幢房屋的影子就像雪青色的骏马暴露在月光下一样，让我觉得惊人的美丽。那是一幢高大的木刻楞房屋，它像我童年的宫殿一样坚实而神秘地耸立在我的记忆中。

在我的故乡，人们居住的多是这种房屋，大概这与我们毗邻俄罗斯这个热情奔放的民族有关。整个房屋建筑以粗壮的松木为原料，这些松木经过木匠加工互相咬啮在一起，形成一个巨大的框子，我们的厨房、厢房就在这框子中大方地格局。房子在外面看上去很普通，也正是这普通显现出了它的坚实和稳固，它的简单而粗犷的构造又呈现出一种天然造化般的魅力。它站在那里，外表糊着厚厚的浅黄色的泥巴，给人以无限的殷实和温暖的感觉。我最初来到世界的时候是投奔它的。它迎接我的时候是元宵之夜。冬天的日子中，它被雪光和月光映照得十分肃穆，十分华美，十分大气。我一直为自己诞生在这样的房屋中感到荣耀。

在我们那里，无论是过去还是现在，房屋与房屋之间一直存有很大的距离。每一家都拥有一座独立的房屋，成为真正的房屋主人。在房子四周，存在着宽阔的菜园。菜园之外，有可以通向各个方向的小路。你坐在房屋中如果听见远邻的狗叫了，那么你赶快走到院子，一定会望见有人朝你房屋的方向走来，他或许就是来你家做客的。这个时候你完全来得及反身进屋去沏一壶茶，待他进来时，你喝住狗的猜叫后引他入屋，他会马上品到飘扬的茶香。

世界在那里显现出它浑厚的广阔性，每一个人的活动区域都非常之大。长大以后，我离开那里，向往我居住的房屋和房屋周围的场景时，心中总是想，是我那时孱弱幼小才感觉它格外之大呢，还是它生就的壮阔包容、融化了我？它就是我梦想中的庄园、现实中的庄园、灰色的庄园。它从早晨过渡到中午，然后再从中午穿过下午，到达傍晚，深入到子夜时分。它每一时刻的风貌都幻化出一片灿烂而朦胧的灰色：日光下的浅灰、月光下的深灰……

我的故事因为这灰色的笼罩，而显得有些忧郁，有些亮堂了。你先看看我们的庄园主吧。

## 外祖父

他走进我的生活中，我感受到的那张脸永远是忧郁的。他不爱说话，喜欢低头，眼睛老是微微红着，每日必须有酒去醺醺他的嘴巴。我称他为"姥爷"，我认识他的时候他已经六十多岁了。他身材很高，肩膀也很宽，但衰老还是逼迫他弯下腰。他走路时弓着背，一双奇异的大手像两只大铁锚一样背在身后，使他走起路来时让人觉得他是在驮着一双手行走。

他是这房屋的建造者，是菜园的开荒者，是我曾祖父的挖墓人。他在我们家中以活人的姿态出现的人群中，地位是至高无上的。

他年轻的时候是什么样子，我们没有办法饱览了，因为他在年轻的时候从来没有能力和心情去照过相。幸而他活下来了，否则，他连一张遗像都不会留下来。那么，对他年轻时代相貌的揣测，除了去问那些曾经在那一时期熟识他，并且也活下来的人之外，只能凭借自己的想象去体味了。我曾经问过我的姥姥，我姥爷年轻时是否非常漂亮。她对这个问题总是闪烁其词，有点像当小偷的人遇见了警察被盘问，使人多少怀疑她是否真的伴随过姥爷的青年时代。按我的想象，把他复原到年轻时候，他一定是高大、健壮、智慧、豪侠的一条硬铮铮的汉子。不然，他一生的经历就不至于那么丰富。

我和他的关系在我童年中一直是淡漠的。他从来不抱我，甚至连我的头都不曾摸过一下。他那双异常粗大的手掌是否也揉搓过女人的秀发，我不敢设想。他有些冰冷，可他却和姥姥在共同一起的生活当中创造了六个孩子——活生生的孩子——他多了不起！

如果要追溯他的往事，那的确是一件十分让人苦恼的事情。我童年时只是听过他的星星点点的故事。这些故事很少是我从他自己口中得知的。长大以后，我开始动笔写作之后，曾经去故乡访问那些阅历丰富的老人。这些老人在见了我之后，几乎都用同样的口吻打发我说："还是去问你姥爷吧，他这辈子经历的才多呢！"

我只好望着这些老人脸上迟暮的表情和一生的苍茫发呆。那么，我怎么让他开口呢？他喜欢喝酒，他绝对不会醉，他的理智和节制几乎是第一流的，你没法指望他酒后吐真言。你如果想在一个晚饭后的黄昏陪着他散步，走出我们的房屋，沿着那条小路，一直走到黑龙江岸，看着暮色中银灰色的江水和寒澈的江波，在这种气氛中你想帮助他复原一些他生命之河中的往事，他的思维也绝对不会逆流。他的思维在这个时刻会跳跃起来，朝前走去，向我布置明天午饭或者是推测最近的天气情况。

有一次他见我坐在窗前想心事,就带着一种同情心朝我走来,问我:"你写的东西都是真事吗?"我告诉他不全是。他又问我:"那你是胡编了?"我说起码要有点影子。他莫名其妙地哑笑了一声,说:"你除了这个,不能再干别的?"我说至少现在不行,现在我还喜欢。

"你是不是在犯愁缺故事了?"他说。

"是的。"我夸张道,"我连饭也不想吃。"

我垂下头。我知道暮色此刻笼罩我的脸庞,会使我看上去十分忧郁。我希望他能意识到这一点,希望他真的能可怜可怜我想知道他的往事的那种强烈欲望。

他挨近我,蹲下身来,声音就像荒凉的风声一样一阵阵地吹在我耳畔了。"你看到气象站的房子了吗?"他说。我仰起头来,遥远的气象站的白房子那时看上去极像一只银灰的鸽子在大地上觅食。我向他点点头。"你知道气象站没建之前那里是什么吗?"我摇摇头。"那里原来是一个日本人建的大医院。"

我的回忆在这一时刻亮了一下,我想起,母亲的确向我描述过一个日本人建的大医院的情况。那时候童年的母亲总愿意到医院附近去捡药瓶,母亲说她小的时候最喜欢玩药瓶,说那个医院非常漂亮、气派、干净,她在以后再也没有见过这样的医院。我一直认为那是沾染了她童年怀旧情绪的浪漫的回忆。

"哦,我似乎听妈妈讲过,那个医院后来被一场大水冲跑了。"

"是啊,一九三八年那场可怕的大水,那时在医院前面有一条很繁华的街,包子铺、当铺、肉铺,还有掌鞋的、打镏子(金戒指)

的、做寿衣的、算命的……热闹得让人头晕眼花，还有开窑子的，有日本娘儿们、毛子娘儿们和中国娘儿们……"

大概他又重温了当年的场景吧，他的声音听起来动情极了，那种被压抑已久的深沉的梦幻般的回顾和那种对遗失的岁月的忧伤的感喟，不由你不为之震动。而我则认为，他所指的"繁华"最重要的是说窑子吧。

"那时的窑子是什么样的？"我问。

"一共有十几个房间的白房子。睡房在楼上，楼下是做买卖交易的，开窑子的老鸨兼营着别的生意。老鸨一见来了人，就先用茶水伺候上，然后……"

"怎么样……"

"你不要打听这个了，这个不能写。"

"那么，去逛窑子的都是些什么人呢？"

"那些淘金的、没老婆的、老婆不在身边的，啥样的都有。"

"那时是否有不去逛窑子的呢？"

"男人没几个能熬住的，但也有不去的，不去的……"

他又停住了话，他吞吞吐吐地把他对繁华生活的回忆给打住了，而我的思绪却仍然停留在那一屋粉黛、红妆绿裹的窑姐身上。那种软玉温香不禁使我联想起日本女人素洁、宽松、典雅的和服和她们高高挽起的发髻，她们的弯弯的眉毛和樱桃一样的小嘴，她们缓缓前行的步态和谦恭施礼的身姿，以及她们扑朔迷离的眼神和遥远的歌声。她们曾在这片陌生的土地上融化了多少男人的血肉和神经，我不得而知。与此相反，那些热情奔放、喜欢喝酒和跳舞的俄罗斯女人的野性的长裙子和她们金色的头发也像莫测的闪电一样打入我心间，叫我在向往中战栗和惊悸。如今，她们的坟墓已经一天天地凹陷下去，坟墓像她们苍老的乳房一样干瘪了，茵茵绿草在她们的胸脯上重新构造新的生命。我知道时间如果能倒流，那么姥爷他们所要的大概还是那间白房子和房子中断肠似的温柔。

他苍老了。许多他熟悉的场景和人物已经死亡了。他的呼吸大概为此而变得沉重了吧。我知道一个生者最大的悲哀就是因为活得太久而饱尝了回忆的忧伤和语言的孤独，以及他面对新的墙壁时的苍白心境。

那么，我还有什么理由去让一个老人为我的故事的形成而再一次地经历叙述的痛苦呢？

从那天开始，我不再追寻他对往事的回忆。我愿意看着他以沉默的表情面对日出日落，以无言的深沉对待辽阔的田野和我们居住的灰色的房屋。我曾经注意到他蜷缩在墙角对着在墙缝边匍匐的蜘蛛时眼睛所闪烁着的莹莹水色，你会觉得音乐就在那个时刻产生了。

我姥姥是一个热情而又异常聪明的老太太，她极其好客。我们的房屋总是有客人的身影出现。每逢这个时候，姥爷就默不作声地走到外面，他或者是坐在园子中的垄台上，或者就坐在门口的木墩上——这时他面对的是一条路。似乎永远都是他在拒绝客人到来时那种少见的家庭气氛，他崇尚清静已经成为一种癖好。为此，姥姥曾不止一次数落他的冷漠。据姥姥讲，合作社的时候，姥爷经常把自己家的东西偷出来入社。有一天晚上他又从仓房中偷出一根牛绳，他要把它拿到社里去，被姥姥发现了。他们撕扯在一起，姥姥哭着要用这根牛绳勒死她自己，姥爷只好罢休。这一段佳话在我们故乡几乎广为传颂。也难怪，他那时是乡长，爱社如家，他要以身作则。后来发生的一件事情使他从乡长的宝座上跌下来。

那是红色在中国大地上发疯弥漫的十年当中的最初岁月。据我母亲叙述，那个时候他们在每顿饭即将开始时都要敬祝三遍"万寿无疆"，然后才会吃饭。秋天的某一个日子的午饭是金黄色的，母亲在饥饿的祝愿声中听到门外响起一大片混乱的脚步声。很快，姥爷被七八个人给揪到了乡政府。他们告诉他，他被撤职了，因为他的弟弟投奔"苏修"去了。

我姥爷四十年代淘金时结识了一个专做笼屉的手工艺人，小姥爷一岁，同样是闯关东过来的，他们就拜了把兄弟，本不是亲的。这个人在一个牧场里喂牛，有一天他去江边钓鱼，不知怎么地就有一种要泅到对岸去的欲望。据事后在劳改农场改造的这个人讲，如果那天他能钓上鱼的话，他就不会那样做了。他在江边静待了两个多小时，鱼漂还没有一点沉下去的意思。他听到对岸传来一阵稠密的鸟声，他就怦然心动。他知道他钓鱼结束后面对的仍然是牧场上沉默的牛群和牛群包围着的黯淡的房屋和潮湿的晚霞。他习惯于草地上的休憩，可天像得了重感冒一样不断发出寒冷的叫声。他觉得他要去对岸看看什么了。他是否是想用自己的嘴巴去碰碰那些异国女人的高鼻梁，抑或他是想同那些黄头发的男人比试一下酒量，大家为此做了许多种猜测。反正那天他是跳进江水之中了，他像一只蝌蚪一样很快接近了国境线，这时瞭望塔上的呼唤向他传来，几个巡逻兵端着枪从沙滩上朝他跑来。他丧魂落魄地被揪上岸。人们想从他身上搜出一些情报之类的定罪证据，可除了他胸前吊着的一个粉红色的香荷包之外，人们一无所获。那个香荷包是哪个女人送给他的，我们无法猜测——香荷包看起来已经很老了。

我姥爷每天天不亮就起炕了。这时候曙光还未成形，长夜尽头的星辰依然冷清地闪烁。我们在蒙眬睡意中感觉到他像一只受伤的狗一样蜷在墙角。我们的灰色房屋和房屋以外的菜园、猪圈、鸡舍，都很隆重地戴着灰色的帽子，垂着眼睑倾听我们的呼吸。这个时候姥姥不得不在嘟哝声中穿衣起来。她熟练地点起油灯，把前一天晚上就预备好了的柴火塞到灶坑里，架起火来。不久，油灯的火苗像一只金色的飞蛾一样消失在灰得发亮的隐隐的晨曦中。煎鱼的香气把我从睡眠中馋醒，我望见姥爷坐在圆桌旁咝咝啦啦地就着鱼喝酒。这时他一句话也没有。等到酒气和鱼香气同天色一样变得更为亮堂的时候，我就翻身起炕，洗脸梳头。等到我们坐到桌子旁时，他的殷实的早饭已经结束，他就重新挨到枕边，蒙头大睡。直到上午十点多钟，他才又一次起来对着恍惚的阳光发呆——他天天如此，年年如此。

我对疼痛的最深刻的感觉源自我姥爷，它使我在童年生活中与他形成一道隔膜。在我们那里，盛夏同罕见的白夜一样短暂，你会觉得夏天就像一只漂亮的梅花鹿从森林中跑出来，在接近你房屋的时候又突然掉头而去一样地匆匆。我们的菜园里很多试验性的瓜果也就相对缩短了茁壮的生长期，你可以想见那时我能吃到外地的西瓜时的疯态，因为菜园中的瓜果向我展览的只是初始的微笑，它们很快会在秋霜的阵痛中流产，你去品尝不成熟的果实时全部的感觉就是苦涩。那个短得惊人的夏天里我舅舅从外地带回来两个西瓜，每个西瓜都比我的头颅大上两三倍。它们的表皮看上去漂亮极了，一片浓浓的绿色上面弯曲着许多条锯齿形的黑条纹。那些黑条纹均匀到了使人怀疑那是谁用墨笔画上去的地步。我姥姥就抄着一把雪亮的刀沿着黑线切下去，很快我们的眼睛都明亮起来——我们分明看见了那里面盛开着的鲜红鲜红的肉了。我们还看见许多黑色的籽像眼珠一样晶亮地藏在里面。我分到了一块稍微小一些的，我很快就站在墙角把它吃光了。那种甜滋滋的凉爽如今又像缠绵的流水一样萦绕在我的脑际了。吃过了一块我很不过瘾，我又朝姥姥要来另外一块（事实上只能称作"一片"，很薄。姥姥在刀上用了功夫，她对稀罕物有时会表现出一种吝啬），我捧到这片西瓜后不知怎么地就哭了。当时舅舅是第一次带新婚不久的舅母回家，舅母就把她手中那块最大的瓜给我，于是小姨和大舅也都把他们手中剩余的瓜给我。我在哭泣声中把它们全部吃光，那种饕餮相一定使姥爷大为气愤。那天晚上真够不幸的，六岁的我不知怎么地竟然尿了炕。我尿完之后就醒了，我躺在湿漉漉的黑夜里心里恐怖极了，我便哭出声来。姥爷和姥姥惊醒后掌灯一看我尿了炕，就怨声连天地数落着我。我姥爷就像打扫猪圈的乱草一样将我扔到炕沿，然后他的手很有力气地把我翻过来——我的脸、胸脯就贴在了炕面上，而我的屁股则朝着上面——那是一种预备挨打的趴的姿势。姥爷这样布置完我之后就用大巴掌掴我的屁股。我听见巴掌溅到我屁股上发出一阵阵清脆的响声，就好像一双脚踩到坚硬的冰雪上所发出的声音。他边打边骂着："没出息的、贪吃的……"后来还是姥姥在我忍耐不住的哭声中制止了他的行为。第二天早晨，我起炕后觉得头很疼，而且严重的是我的屁股疼到了不敢坐下去的程度。我每走一步路都很艰难，使我怀疑我与别人不同，别人平时可能是用腿走路，而我则用的是屁股。因为疼痛和委屈，我开始到箱子中去翻找我的衣服，我把它们卷在一起，打算着回家。可当我想起爸爸妈妈离我无限遥远时，我不禁又心酸地哭出声来。我没有办法凭借自己的力量去投奔他们，而且把我留在这里又是他们的意愿，于是，我竟然连父母也恨起来了。

我至今认为疼痛是一种力量，是使一个人早熟的催化剂。你可以在疼痛中感觉到周围的世界在发生着变化，你再看日月星辰时就会懂得了存在者的忧伤。那么，当我写下上述文字时，我绝对不是想让人们对我那一次挨打产生一种同情，我只是想再一次地在麻木的生活中重温一次美的疼痛，为此我感谢姥爷，感谢他能给我写下这些文字的勇气。

让我怎么向你描述我们那里的晚霞呢？说它新鲜、艳丽到了使人想飞到那里的风采，还是说它湿润、忧伤得仿佛在泪水中浸泡过？总之那里的晚霞像一种病一样让人心疼得难以忍受。这些晚霞总是背对江水，面向那一片莽莽苍苍的森林而柔曼地沉沦。我们在晚霞沉沦的时候心里总有一种发胀的感觉。我姥爷这个时候喜欢坐在暮色徐徐涌来的菜园中观看这一派晚景，一种没有声音的景色。他的一生好像在这个时候回光返照。这个时候姥爷常常要犯一种病，医学上叫作"小肠疝气"。我们常常看见他弓着腰从菜园中出来，他的双手不再背在后面，而是紧紧地捂着裤裆，剧痛使他脸上的肌肉看上去很不规则。他是怎么得的这种病我从来没有探究过，我一贯认为是晚霞诱发了他的病症，他的剧痛仍然源于自然。这种病像流感一样让他和我姥姥都觉得格外苦恼。他曾为此做过一次手术，但手术之后只要是他一个人独处菜园，又面对着晚霞的时候，他的病就会重新发作。他的手紧紧地护着疼痛部位，看上去十分让人忧愁。

他的故事是不是有些平淡了？前年我回故乡去看望他的时候他已经苍老到了不愿意说任何话的程度。他仍然喜欢墙角，喜欢沾一点酒，喜欢晚霞，喜欢菜园，喜欢我们在房屋荫庇下的那一种说不清楚的生活方式。我在那里只住了一周时间，就遇见了他两次的昏迷状态。据姥姥讲他现在常常昏迷，恐怕不会太久了。他昏迷的时候只要用一根针去放一放他的血，他就会慢慢苏醒过来。他有一次昏迷时我们为他穿上了寿衣，他苏醒后发现了，禁不住蒙头哭了。我亲耳听到他向我唠叨，他看中了一块风水宝地，他想趁自己还能动的时候把他的坟墓给挖了。他不愿意由他的子孙来为他挖坟墓。他跟我说完这句话后，问我："你仍然缺故事写吗？"他告诉我，如果缺故事了，就写写他的牙齿和头发。我不知道他的牙齿和头发意味着什么，因为他向我讲这话时他的牙齿和头发已经脱离了他的身体。他那雪白的牙齿和乌黑的头发遗失在哪一条山谷了呢？

## 白　夜

夏至前后的夜晚生动得让人无法入睡。你在子夜时分才会感觉到天空的亮色变得稍稍迟钝一些，但只是一两个小时的迟钝，绝对不会超过三四个小时，黎明的鸡血红又热辣辣地在东方散发出奔放的晨光了。你完全可以在晚上八九点钟的时候去球场上打球，可以在菜园中精耕细作。

那段日子里我们始终被光明所拥有着，我们对光明的感觉到了怀疑世界上是否还会有黑暗的程度。你去江边或者去田野，完全可以不必计较时间，你可以在上午睡觉，而在晚上开始工作。因为太阳在那时候通常是晚上六七点钟才落山。

我们在那段时光里几乎天天都在盼望着极光的出现,那种盼望一点也不焦灼,一点都不心慌意乱,显得十分沉静和自信。我们总是想,它就要来了……于是我们就仿佛看到了许多条光带在山间或是天空一侧像绰约的野花一样开放的姿态,仿佛看到了我们的房屋在极光来临时受到了隆重的加冕——它披着粉红色的纱丽,害着羞,不肯去上出嫁的马车。那时我们就感觉自己是睡在红房子里的。那种日子里我们极其害怕雨水,雨水一来,我们要看极光的愿望就仿佛成了一种多余的要求。因为雨水尽管把天空洗得很干净,可是它相对地湮灭了一些实在而美丽的事物出现的机会,就好像一件华丽的衣衫被扔进洗衣桶中,我们看不到它真实的面貌,看到的大多是银色的泡沫。那个时候谁想要泡沫看呢?我们当然要诚心以待地静候极光那妩媚的笑容了。

这样说,你会不会要问我们那一段时光是否因为阳光频繁的包围而感觉到干燥呢?不会的。因为我们的村落连接着浩浩荡荡的原始森林,森林中的树木总是把它碧绿的水分子像扔铜钱一样地朝我们的居住区抛来。尤其是微风吹来时,那些水分子密得像鱼苗一样晃动着柔软的身体朝我们游来。更何况,我们面临的那条黑龙江像个失恋的人一样总是把它湿漉漉的歌声唱给我们,我们的日子过得多么凉爽和清新。

白夜像我年幼的粉红色的脚趾,我实在舍不得在它身上穿上任何一只鞋子,我情愿光着脚丫从房屋跑到江边,再从江边跑到岸上的黄豆地里去听鸟声。

如果说一对夫妻拥有六个孩子不算稠密的话,那么当这六个孩子成长起来，各自组成了新鲜的家庭又重新回来时，那么这个家族就会像蜂房一样热闹。我姥姥家就是这样。

白夜来临时，二姨、大舅、小舅、三姨都各自携带着他们的丈夫或者媳妇回家了，有孩子的再带上他们的孩子。那些还不懂事的小孩在襁褓中的样子简直像一块大点心一样可爱。他们回来时像串亲戚一样受到客人的待遇。但这种待遇只会持续一两天，过了三天，我姥姥就会吩咐她的孩子们干活，让这个去剁鸡食，让那个去洗菜，她又恢复了年轻时操纵孩子们的那种自由和乐趣。

他们为什么要选择白夜来临的时刻回家，我至今也想不明白这个问题。也许他们把白夜当成了一种节日，他们要赶在这个时候回来庆祝一下吧。但这个时候我妈妈和我小姨都不会回来，她们离我姥姥实在还很遥远。所以房子里的笑声常常勾起我对妈妈的回忆，那时候心里就有些发酸——大概那是最初的感伤吧。

在这些姨和舅当中，我最喜欢我二姨。她是六个姊妹中性格最为开朗而且长得也非常漂亮的一个。我记忆中的她是鹅蛋脸，一双眼睛像牛郎织女星一样散发着与众不同的光彩，她的下巴的左方靠近嘴角的地方有一颗黑痣。她很能干，洗衣、做饭、裁剪、缝纫，样样都拿得起。她一回来总喜欢逗我玩，因为她没有孩子——至今仍然没有亲生的孩子。她离姥姥家比较近，所以也是回来得最勤的。我刚来的时候，母亲和我姥姥一直有让我给她当女儿的共同愿望。因为我上有姐姐、下有弟弟，我们家庭中不要我也可称得上"儿女双全"。母亲把我留在姥姥家后回家的第二天晚上，我二姨就带着许多糖果来看我了。她一进了院子我们就听到她的笑声和狗对她的欢迎声了。她进了房屋后像找宝一样寻找我，她称我为"小大人"。

"小大人，你过来，让二姨亲亲。"

我犹豫的时候，姥姥已经像推磨一样地把我推到二姨面前，二姨就抱着我的头像啃萝卜一样地清脆地亲我的脸。每次我都会感觉到她头发里的香味。她喜欢洗头，而且不用香皂，只喜好清水，但清水不知怎么地就单单给她的头发里留下了香味。所以在以后的生活中几乎不是她的热情和亲昵吸引我走向她，而纯粹是因为她头发里那种梦呓般的香味。

"小大人，二姨背你上俺家去睡缎子被。"

"我不去。"我说，"缎子被有啥好睡的。"

"滑溜溜，像电光一样，它能给你挠痒痒。"二姨说。

于是那天晚上我就被二姨带去睡她的缎子被子，长大以后我才知道那是她想就此收留我的一个动机。二姨没有说谎，那个晚上我的确睡上了一床湖绿色的缎子被。我至今还清楚地记得那被面上有十几朵牡丹的刺绣图案和十几只金色的小鸟。那些小鸟都有着夸张的翅膀，使人想到它们是一群可以飞进月亮的鸟儿。可我不知怎么地却很害怕我二姨夫，而且至今见他时仍有些惴惴的。他是做边防工作的，喜欢喝酒、打猎、捕鱼、冒险，还喜欢二姨的那颗黑痣。他看起来有些凶，别人都叫他"大阴天"。任何顽皮的孩子一见了他都有一种本能的害怕。我姥姥一直认为我二姨没有孩子是因为他面相不善，但他的心肠却很热。那天晚上睡下去不久，我被一阵鼾声扰醒——二姨夫的鼾声像虎啸一样嚣张。我突然意识到妈妈离我远去后，二姨可能就要收留我了。我想到了"后妈"这个字眼，心里就极其恐怖。我掀开被子，光着脚丫下了炕。房子里漆黑一片，我站在冰凉的地上无论如何也用脚踏不到我的鞋子，我就蹲下来用手摸。我先摸到了几只大鞋和我的一只小鞋，我把小鞋用一只手提着，然后再用另一只手去摸，结果老是摸到那些大鞋，我的那一只小鞋仿佛被老鼠给偷跑了。我摸得失去了勇气和信心，我真想把灯打开或者把窗帘撩开借一下光亮，可是我却担心这样做会弄醒了二姨他们，我就不知所措地哭了。我的哭声一响灯就亮了，二姨从被窝里爬出来将我抱到炕上，问我："小大人，你怎么睡到地上了？"

"我不想在这里睡。"我哭着，"我要回姥姥家。"

"今天晚上不行了，太黑了，外面有大马猴，等天亮了再送你回。"

"不，我要姥姥。"我仍然哭。

"你别啰唆了，我们把她送回去吧。"二姨夫翻身起来，飞快地穿上裤子，二姨也飞快地给她自己穿上衣服，然后他们关上屋门，送我回姥姥家。

我仍然犯罪似的深刻地记忆着那个夜晚。我趴在二姨夫背上，由他背着我，二姨跟在后面打着手电。那天没有月亮。我们走过许多田地和房屋，脚步声引起许多狗连绵不断的叫声。一段一段的小路互相衔接着，弯弯曲曲地通向姥姥家，那条路好像很长很长。我们到达姥姥家大门口的时候，我已经闻到了二姨夫身上散发出的热乎乎的汗味了，他显然因为背我而累得精疲力竭，一路上他和二姨没有任何一句话，二姨和他也没有任何一句话。我姥姥被唤醒后起来开门，一见他们送我回来，心下一酸，忍不住叹息着说："这么不省心的孩子，唉，谁稀罕呢？"

"到底不是亲生的啊。"我二姨这时候忽然很绝望地说出这句话，然后她放声大哭起来，我姥姥也跟着哭起来，直哭到我也跟着哭起来的时候她们才罢休。

我现在一想起这件事情心中就极不安宁，我太任性了，假如时光可以倒流，我多希望我能重新回到二姨的房子，和她一起睡一夜，闻闻她头发里的香味，可惜这一切已经过去了。现在二姨已经收养了两个孩子，都是女孩，一个如我一般的年龄，听说快要出嫁了，与二姨处得还好，另一个女孩还很小，大约今年才是上学的年龄吧。二姨辛辛苦苦地操持着这个家，从她最近寄来的照片看，她显得苍老了，但是笑容却依旧宁静。

那一年的白夜和每一年的白夜一样，姥姥的这些孩子像南归的燕子一样纷纷飞回他们的旧巢。这时候菜园里各色菜蔬已经全部下来了，我们的饭桌上每天都有好几盘的炒青菜可以吃。二姨用荤油炖的豆角简直要把人的嘴都香歪了，而生葱、小辣椒和西红柿汇集在一起的凉拌菜更是美妙异常。这个时候如果还有一个土豆汤，汤上面漂着一层浓绿的韭菜，那可真要把人的肚皮都撑破。二姨这个时候做的饭菜就把整整一个家族的人都弄得饱嗝连天，我和表弟、表妹们常常在笑声中像过年放爆竹一样地放屁。

但是二姨偶尔也有不做饭的时候，不做饭的时候二姨就是病了。一天晚饭即将开始的时候，我姥姥吩咐我去喊二姨回屋吃饭。我出了房子就大声地召唤"二姨二姨"，我听见答应声从菜园深处传来，我就走入菜园，一直走到尽头的厕所。我看见二姨蹲在那里面，脸上有一种苦相，她看见我喊我"小大人"的时候，脸上的肌肉似乎是痉挛的。我告诉她要吃饭了。然后我问她今天为什么不做饭。她说她病了。

"你病在哪里？"我问她。

"在这儿。"二姨从厕所里站起来,我看见她腿间落下一条鲜红的东西,宛如落霞。

"血!"我惊叫,"二姨你怎么出血了?"

"还不是让你这个小大人给气的,你以后不要再气二姨了,你一气二姨,二姨就要出血。"

"疼吗?"我问她。

"疼死了。"二姨说。

这么重要的情况难道我姥姥不知道吗?二姨病成这个样子我们谁还想吃饭?我听完后一边哭一边跑着穿过菜园,当我从菜园中猝不及防地跑出来时,正与在院子中觅食的小鸡雏相遇,我的一只脚踩死了一个柔软的小生命,可我顾不上这些了。我跑回房屋,姥姥正往饭桌上端菜。我抓着她的围裙急切地说:"姥姥你快去看看吧,我二姨出血了,她要被疼死了!"

姥姥和围在饭桌旁的亲戚们像被捣了老窝的蜜蜂一样一哄而起,纷纷跑出房屋,这时候我二姨却从容地从菜园迎着我们走来。

尽管这是一场虚惊,但当时我的确被吓了一跳,而且这种恐惧一直像阴魂一样萦绕着我,我惧怕血。我十五岁的那年夏天,当我看到第一缕生命的流泉从我体内鲜红地流出来时,我的眼前马上闪现出二姨脸上的痛苦的表情。那种痛苦不知什么时候已经注入我的生命,我感到异常疼痛。我现在才悟到我的痛苦源自我二姨,她当年的表情留给我的印象像刀斧凿过的痕迹一样清晰。我无法逃脱疼痛的笼罩了,但我并不为此忧伤,因为它叫我永远真实地记忆着一个人,记忆着一个女人在这块土地上所有的痛苦和怅惘。

白夜的高潮应该算作极光的出现。我长这么大只遇见过一次。

那是白夜初来时，我和姥姥去黑龙江边刷鞋子。当我们刚把大大小小、五颜六色、形状各异的鞋子用石头拴住，浸入江水中时，猛然间觉得天一下子变得暗红起来，太阳不见了，江水闪现着红铜色的金属般的光泽。姥姥吃惊了一下，然后她低声说："来了极光了！"我们就一起朝岸上跑去。我钻进岸上的黄豆地里，像一只红狐狸一样藏在里面。我听不见任何声音，所有的鸟似乎都消失了。那时我并不觉得那是一种美丽，我只是觉得十分恐怖、十分胆寒。天地一下子变得如此诡谲，我觉得自己的牙齿在恐惧当中像失灵的马达一样颤抖不休。我还看见我们的房屋在我遥远的视野中变得像一头红象一样，好像这房屋将被上帝领走。直到极光消失之后，天地又恢复了往昔的样子，我才站起身来，无力地朝家走去。那时真仿佛是病了一场，我倒在姥姥的怀里，流着眼泪告诉她，我喜欢白夜，但不喜欢极光。那场极光的确使我大病一场，我躺在温暖的灰色房屋中一直睡了两天两夜，当我重新醒来时，那些回来过白夜的姨舅们大都携带着他们的孩子离去了，只有我二姨还留在那里。我醒来时发现她的手正搭在我的额头上，她俯下身亲昵地说我："小大人，你真是差点把二姨又吓出血了。""二姨……"我说完这两个字就哽咽了。我觉得眼角流出的软软的泪水烫着了我的脸颊，我的泪水从来没有那样热烈过，整个白夜的背景忽然间变得黯淡起来，而我二姨却异常明亮起来。

窗外的鸟又来召唤我了，阳光不再那么刺眼，天地间的白色光束好像淡了许多，大概白夜就要过去了。白夜的壮丽将连同羞涩一起被七月的风给收走，它给我们留下了一个淡妆的姑娘，姑娘的眼睛在望着她出嫁的马车——许多年过去后我仍然这样怀想白夜。

## 鱼　汛

"棒打狍子瓢舀鱼",是我们那里流传的一句话。它向我们诉说着那里过去的富饶。据说你走进森林就可以看到成群的狍子像一片树木一样林立其间,你抄起一根木棒就可以打死一个——它将使你烤狍子肉的黄火徐徐燃烧起来。那么鱼呢?姥爷他们那一辈的人回忆起来总爱说,拿一把舀子,随便地站在某一处江段,你尽管弯下腰,那么你就会打捞起活蹦乱跳的鱼来。这种说法令我多少次馋涎欲滴。可惜,我没有赶上那个自然富庶得让人无限神往的时代,我赶上了这个时代的尾部,即便如此,尾巴上亮晶晶的鳞光也足以勾起我的乐趣和情致了。

在黑龙江,鱼汛大抵是在冬季出现。鱼汛降临时,那些品种繁多的鱼游经我们的居住区,撞在银白色的网上,真有些群芳荟萃的味道。而夏季则不一样。夏季一般是捕鱼的淡季,大家使用的工具也大都是那种像草筐一样的须笼:它状如坛子,底部封闭,中间膨胀着隆起,像孕妇的肚子一样,上面留着一个巴掌大的出口,出口处抹着鱼食。你可别小瞧它那圆鼓鼓的肚子,不要以为它里面很空洞,其实那里面有一个暗道,暗道像一个人的动脉神经一样通向出口。鱼可以循着食道走进来,但进来之后就别想再出去——人对待鱼似乎从来没有客气过。这似乎是一种十分小气的捕鱼方式,但冬天却不一样了。

冬天的鱼汛到来时,你早几天就会听见封冻的江面传来一阵颤抖的声音,那是鱼汛到来的消息。这个时候家家户户大抵都因为猫冬而过得有些腻味了。所以人们迫不及待地把渔网找出来，把落满灰尘的冰镩找出来，把夜间取暖用的火盆找出来。如果谁家的渔网有漏洞了，那么这家的女主人还要把梭子找出来补网。这些女人在补网的时候动作快得让人眼花缭乱，尤其是你如果站在旁边看她补网，她的动作就愈发快得让人心慌了。

男女老少只要是能动，只要是还有御寒能力的，那么这个时候就全部拥到江岸。张家的大门开了，那里的一大家子人像正月里走亲戚一样去大江了。王家的大门也开了，那家的男人矮矮的个子却背着一麻袋的渔网，他的女人跟在后面抱着许多柴火。他们往江上去的时候步子是慌慌张张的，他们生怕他们去晚了鱼全都闯到别人家的仓库里了。我们家的灰色房屋也开了，我们像苏醒过来的蛇一样爬出大木刻楞房屋，外面的寒气像春风一样给我的脸颊涂上一层胭脂。姥爷弓着腰早就走在前头了，姥姥套上狗爬犁，把干草、渔网、铁丝笊篱和捕鱼用的东西也装在里面了。我们鱼贯地朝大江走去。

家家户户都在抢着占"鱼窝子"。这时候他们既显得急躁，又表现着一种谦虚的大度。谁若占多了"鱼窝子"，看到后来的人没有地方可以再占了，那么他就会又心疼又热情地让给这个人一个"鱼窝子"。平日里静寂而银白的大江像被点燃了一样变得空前活跃。那一段江面看上去就像一条开满鲜花的道路一样芬芳无比。你随时都可以听到他们捕捉到大鱼时那兴奋的叫声：嗨——一条大蜇罗！哎——多漂亮的细鳞！

而我最喜欢的鱼却是狗鱼。狗鱼的脊部是深褐色的，上面有着斑斑点点的黑色花纹，它的肚皮却是浅黄色的，看上去十分好看。

因为它身上的灿烂的斑点，所以我们称它为"穿花裙子的鱼"。这种鱼肉一般人都不大喜欢吃，人们觉得它的肉太硬，没有弹性，味道也不足，所以有些人家逮上这样的鱼后常常把它甩给狗吃。我总能看到鱼汛到来时江面上那些狗叼着狗鱼炫耀般奔走的情景。可我却喜欢吃它，我喜欢它硬硬的肉，它被油煎过后显得质感极强，一点也不松散，极有嚼头。

能在那种气氛中活过一次真称得上是人生的一大收获。你站在江岸上，看着天和地，它们以共同的苍白照耀着我们的时候，我们却以活人的热情给它们注入生动的呼吸。那时候我们背后的土地是白的，土地后面的房屋也是白的，房屋尽头的原始森林更是苍白冰冷。寒光和雪和太阳和谐地奏出这世界最朴素又最迷离的音乐。渔火在此时此刻显得无比温柔宁静，它燃烧着寒气，以独特的姿态赢得了绚丽。

鱼汛期大抵三天五天就过去了。上鱼时的高潮是在晚上，所以人们在那天要昼夜守在江上——宛如许多亲属为一个待产的孕妇经历临产的痛苦而寸步不离一样。男人的眼睛熬红了，女人的脸被炭火的烟熏得像腊肉一样。

有一年鱼汛来临时，在外地工作的小姨赶回来了。我小姨不像二姨那样勤劳，她非常懒惰。她长得不太漂亮，但皮肤却很好，白净光洁得让人觉得她身上涂着一层蜡。一白遮百丑，所以她看上去很灵秀，加上她身材窈窕，发辫修长，走起路来飘飘摇摇的，像一株野花在风中摇曳着开放。她有一个很动听的名字——小鱼。

"鱼儿——起来吧！"每天早晨，姥姥都要去西屋喊她起炕。她很懂得保养，她一回来，西屋的方桌上就摆满了雪花膏瓶、营养药等东西。因为她是赤脚医生,所以她吃营养药不用花钱。

她一回来姥姥就派我和她睡一个炕,可我喜欢她带回来的东西却不喜欢她,所以她不像二姨那样亲切地叫我"小大人",而称我是"偃头"。

"偃头,你先起来,看你姥姥做啥好吃的了。"

"馋嘴梆子。"我嘟哝着穿衣穿裤,然后蹬上鞋跑到外屋,在热气腾腾的锅灶前观察早饭的细节,然后我再跑回西屋,告诉她,"煎鱼、炖鱼、鱼汤……"

"又是鱼、鱼的……"她嘀咕着,开始伸着懒腰慢腾腾地钻出被窝。她钻出被窝后慵懒的样子简直太可爱了。她的头发像树叶护着树身一样浓密柔顺地围着她的脑袋,她的脸蛋看上去白里透粉,嫩得像新杀的鱼肉,真有点小姐的样子。

"鱼儿——吃饭了!"姥姥又在喊她。

"我还没梳辫子呢!"她说。

"吃了饭上大江去换你爸。"姥姥说。

"我不去,那么冷。"

"那你看家,我去了。"

"你要去把偃头也带上。"她说。

"我碍着你的眼了?"我不满地问她。

"没碍我的眼,小姨是让你去江上跟姥姥学逮鱼。"

"逮你。"我说。

我不再和她斗嘴。我迅速地吃过饭,然后穿上棉猴、棉靰鞡,戴上棉巴掌、棉帽子和口罩,由姥姥领着去大江换我姥爷休息。我们出了房屋后马上感觉到又是一个冷得冒烟的天气。无边的寒气把前方的雪路弄得非常混浊，我们好像是走在雾中，要走一程看一程，否则会因为模糊的视线而误入深雪窝中。天上的太阳仿佛已经没有了，你要寻找许久才会看到它的位置。它像不足月的弃婴一样孤零零地生存在苍白的气氛中，像一撮浅黄色的绒毛一样，一点也不明亮和丰满，仿佛被寒冷给撕碎了。

我们走到江上时姥爷正在喝酒。即使他捕到了二三十斤一条的鱼，他的脸也还是阴沉的。我家的黄狗身上挂着一层厚厚的白霜，它看起来就像白狗一样了。它大概是忠实地守候了姥爷一夜吧，它一见我们到了，就摇着尾巴用脑袋蹭我的腿，然后还用两只前爪扑我的胸脯，那副解放般的快乐劲儿让人觉得它和姥爷待在一起一定是饱尝了不少孤独。我很可怜它，就抱着它的脑袋亲它的嘴巴。它的嘴巴因为热，所以没有沾上白霜。它的黑黑的嘴巴和我红红的嘴唇相接触的时候，我姥爷总是别过头去，他似乎很不习惯这种亲密的方式。黄狗和我亲热之后，就迫不及待地找地方去解手了。它经常是穿过近在咫尺的国境线把它的排泄物遗弃在另一片国土上，然后又得意扬扬地跑回我身边。它这样做总是让人很为它和我们自己的命运担心，好在谁也不会注意到一条狗的行踪，我们的目标已统一到鱼汛上。

鱼汛的尾声的信号是鱼儿伤痕累累通过封锁线。大的鱼群过来的时候，我们用网阻拦到的大抵是那些贪吃或缺少经验的极少的一部分鱼，这部分成为我们额外的收入，但大部分的鱼却机警地走出我们的埋伏区，挣脱出去的就意味着又产生了再通过另一个村庄的危险性——它们面临着那些消失了的伙伴的共同的命运。人们都喜欢它们的身体，却很少为它们的命运操心，人们都知道闪闪发光的鳞片可以把一个本来很穷的家庭照耀得明朗一些，给一个富裕的家庭再增添一缕歌声。所以，无论是江中的鱼，还是海中的鱼，它们的数量不是与日俱增，而是日趋减少，所以那种用瓢舀鱼、用麻绳捕鱼的动人故事只能成为历史，成为后辈者的童话了。

我们坐在鱼汛的尾声中感觉到的是无限的疲惫。那时候收获已经不是一种喜悦了，它已经熟稔地幻化成一片蔚蓝色的空气。你呼吸着这空气，产生的只是舒缓的平静，就是平静。然后你还会有一种隐隐的失落感。我们在大江上留下了无数个黝黑的冰眼和无数堆墨色的炭灰，那一切看起来像上帝抛下的一堆遗物，像节目高潮过后四散的爆竹碎屑。天仍然无休无止地呈现着冬日的苍白，也许会有一场雪降临。这时候云彩就会成为暗灰色，气压降低，冷空气在沉闷的时候好像被暖化了一些，所以落雪的天气总不会让人觉得特别冷。我深深地记忆着那次鱼汛结束的时候我们套着狗拉的雪橇，载着那些已经冻僵的鱼和那些沾满了水草的渔网，朝我们的灰色房屋走去的情景。那时候大家都默不作声，那时候最大的声音就是狗的热气喷喷的呼吸声。我们走到半路时天忽然下起大片大片的雪来，雪很快弥漫了我视野中的一切景色，一种原始的苍凉感大概就是那个时候注入我心田了。现在我叙述上述情绪时，暑热好像在层层剥落，震人心魄的寒冷和凉爽又一次将我紧紧围困，我只能埋下头来在这拥挤的城市的一个灰暗的角落里为这美丽的忧伤而哭泣。

那一次小姨回来赶上了鱼汛，鱼汛也成就了她的婚姻。那个时候仓房中堆着的鱼是绝对吃不完的，不管你采取什么方式去吃，到春天时它们肯定还有剩余的，所以我姥姥和姥爷合计一番后就决定卖掉一部分。

买鱼的是个外地人,他低价收购,然后再高价卖到捕不到鱼的地方。他那天是开着拖拉机来我家的。那是个野性十足的男人,他一眼就看上了我小姨。当他询问我们家这些鱼都是谁捕来的时候,我小姨像猫一样甜腻腻地说:"我……""你真能干。"他夸赞小姨,小姨的长辫子就晃悠得像秋千一样了。我当时很想揭露小姨,但我看见姥姥在向我使眼色,并且打发我出去做无关紧要的事,我便知道姥姥是想让这个滑头的男人做她的女婿了。

小姨的确和他结婚了,但婚后不久他们就分居了。我小姨哭哭啼啼地跑回娘家说那个男人在外面不老实,她憎恨那次鱼汛给她带来的厄运。她已经怀了孕,后来她生了一个女孩。她的皮肤开始粗糙了,孩子的哭啼使她没有时间再顾及她的容貌,她的好看的长辫子也就被迫铰掉了。她铰辫子的那天是一个明亮的秋日,我听见了小姨的哭声——明亮的哭声。鱼汛离她的生命已经越来越遥远了,然而不管我们如何避免在她面前提鱼汛的事,但谁也不会忘记她的小名——小鱼。大家仍然那样称呼她,她也低低地怅惘地答应着,仿佛她真的来自一片水域似的。

## 金色草垛

那一年收获完土豆之后,天空中飘着的风就变得爽利了,山上的树叶一天一种颜色:前天是浅黄色的,昨天就有黄中透红的,今天通红的叶子也出现了。这些叶子变了颜色之后,就像那些喜欢赶集的妇女一样纷纷扬扬地飘扬出去。那段时光我总会看见光秃秃的树干和枝丫笼罩之下的一大片深红和金黄相重叠的叶子。

收完土豆之后我们的秋收劳动就做了一大半，我们把土豆下到房屋中的地窖里，然后准备歇息几天了。

我姥姥说："姥姥带你去二姨家住几天吧。"

我听到这惊人的喜讯后就去柜子中找我的衣裳。我想穿那件绿格子上衣，它是二姨给我买的，平素里姥姥不准我穿它，说怕把这么金贵的衣裳穿糟了。

我和姥姥去串亲戚了。我们为二姨的婆婆带着一包过年时人家送来的而姥姥至今舍不得吃的变得坚硬了的点心。然后我们还带着两瓶水果罐头：一瓶是红色的山楂，一瓶是浅黄色的菠萝。我们走出灰色的大木刻楞房子的时候我央求姥姥让我把狗也带上。我姥姥开始时有些答应了，后来当她看见姥爷从门边出来，步履迟缓地来到院子中目送我们时，姥姥忽然说我不能带黄狗去，黄狗要留下来陪我姥爷。

我和姥姥行走在路上。我看见大片大片的田野都在被收获，鸡群在麦地里懒洋洋地拾麦粒，它们身上的羽毛被阳光擦得锃亮锃亮的。我姥姥边走边嘱咐我到了二姨家要守规矩，不要乱跑，不要大声说话；吃饭时要小口小口地送，不要吃出声；筷子不要满菜盘乱插，只动朝自己这面的；见了二姨的婆婆要叫"王姥"，要给她行礼问好；见了王姥的闺女傻娥不要惹她，她有疯病。姥姥甚至还嘱咐我不要吃撑着了，以免在众人场合放出屁来。

我们是午饭后出发的，由于姥姥是裹足，路上又碰到几个熟人说话耽搁了一些，所以到达二姨家时已经是黄昏了。姥姥暗自埋怨来的时辰不巧，好像单单是为了赶人家的饭碗似的。

王姥他们果然在围着桌子吃晚饭。王姥坐在正位，很富态的样子,手里正托着一碗粥,她见了我姥姥之后大叫着"亲家——",然后赶忙放下碗来拍打我和姥姥身上的灰尘,"累了吧?"

"不累。"姥姥笑着说,"小秀呢?"姥姥见二姨不在场,就问她。

"王成他娘死了,秀儿帮着发丧去了。"王姥说。

"唉,上个月王成他娘还去粮店打油呢,怎么一上秋就没了?"姥姥叹息着。

"这个岁数了,还不是有了今天没明天?"王姥倒是开明。

王姥伺候我们洗脸的时候傻娥正在一声不吭地看我们。天并不太热,她却敞着怀,我可以看到她的一双奶子像吊瓶一样松软地垂在胸前,丰满得像富人的钱袋一样。她胖胖的圆脸气色极好,但她的眼神却散漫呆滞,她的眼睛使我想起被我玩得陈旧无光的玻璃球。

我们吃过晚饭后,王姥和姥姥就关在一间骨尸匣一样的黑房间里去嘀嘀咕咕地讲话去了。她们的嘀咕声听起来像鸡下蛋一样可笑。我无事可做,不禁思念起家中的黄狗。

傻娥凑在窗台借着外面朦胧的光线在读一本书。她的呼吸声特别粗莽,所以我怀疑这呼吸可以像风一样帮助她翻动书页。我小心地走过去问她在读什么书。

"《西游记》。"她憨憨地说,"我已经看到一百四十三页了。"

"你认字吗?"我问她。

"我不认字怎么能看到一百四十三页!"她气呼呼地说。

"我寻思你是翻着玩的。"我说。

"我认字,我才不翻着玩呢,你胡说八道!"她的脸色发青了,而且嘴角开始抽搐，呼吸声更加急促。我意识到她要发病了，我就飞快地跑去报告王姥和姥姥。

傻娥犯病了。那一个晚上大家都在陪她，谁也没睡好。她发烧，脸色红艳得像烧透了的钢材。我姥姥不时地用白眼仁瞟我：你犯了罪，你知罪不——她的眼睛似乎这样责备我。可我心里却觉得受了莫大的委屈，我并没有说傻娥什么她却犯了病，她怎么这么娇气？

第二天早晨傻娥的病就好了，她显得精神饱满，好像一切都不曾发生，而姥姥和王姥却疲惫不堪，吃饭时似乎连捧饭碗的力气都没有了，而我则因为二姨不在和无端地闯了祸而有些想家。

早饭一过，姥姥就把我叫到外面，告诉我说傻娥想做什么一定要顺着她，不能戗她。她说月亮是方的你就不要说是圆的，她说花是在冬天的鸡舍里盛开，你也就点头附和。傻娥似乎左右着这个家庭的空气。

整整一个上午我躲在菜园中不敢出来。我用一把小铁锹挖蚯蚓，然后把这些蚯蚓装到一个白色的铁皮盒子中预备着去喂鸡。当我看到秋日的太阳白花花地游动到中天的时候，我听见我的肚子发出隐隐约约、胆胆怯怯的咕咕声了，这声音像雏鸟哑涩的歌喉一样紧张。

傻娥朝菜园中走来。我听见她的充沛的呼吸声像晨雾一样朝我飘来，我看见她跃动着的身体有一点红格外让人惊悸：她竟然在辫梢上结着一块红布。

她说："你姥喊你吃饭。"她抽了一下鼻涕，鼻尖上的几颗汗珠便像狗撒欢似的滚来滚去。她又说："你这么小的孩子怎么顿顿都要吃饭？"她蹲下来，看我挖出来装在白色铁皮盒子中的那些蚯蚓。她的屁股挡着我的视线，她的屁股像秃山一样圆润、结实、硕大。

"叫我姨。"她直起腰，把我挖的蚯蚓全都给倒在土里。我眼巴巴地看着一个上午的粉红色的果实条理清晰地像穿针一样地扎进土里，我气愤得没有喊她"姨"。

"你不喊，我就要扒你的裤子了。"她气汹汹地说。

"你敢！"我说，"你娘就站在门边呢！"

傻娥的脸立刻就气得像熟透的土豆一样臃肿了。她三把两把就将我抟起来，就像急着抟一把葱叶赶着去爆油锅一样。她骂着撕开我的衣襟，并且拍着我柔韧的肚子喊着："这么圆呢，一个上午连一次屎都没拉，食没消完，倒又要吃了！"

"娥——"王姥循声疾步走来，"你又在干什么？你快撒了手！"

"我不！她怎么一天三顿天天跟着吃？"傻娥说这话时带着哭腔。

"她是你小辈的，你让着点！"王姥劝道。

"她自己有家，她不去她家吃，她非要跟我们家吃！"傻娥松开手，哭了。

吃那顿午饭时我一直垂着头，我不敢看傻娥盯着我饭碗的表情，我像偷了人家东西似的心惊胆战。我在使用筷子时尽量变得斯文一些，菜不敢多夹，饭也不敢多吃。那张饭桌简直像供桌一样肃穆庄严，而所有的食物都是供品，我每吃一口都好像在冒犯祖宗。我的敏感、自尊、隐忍的性格的形成不能不说与这件事有某种微妙关系。

午饭之后我逃到菜园忍不住哭泣起来。二姨不在，一切都没有生气。我不知送葬的队伍是否已经出发，姥姥所说的两三天的时间是不是个虚数。这次出来玩的确没有任何快感，我厌烦王姥家的鸡，甚至觉得她家栏里的猪的吞食声也丑陋无比，厕所也小里小气的，没有任何顺眼的地方。我便想这样的地方生出傻子是难免的。

傻娥又一次朝菜园中走来。这次她手里举着一把水灵灵的青葱和一个白面馒头，她走到我身边后粗声粗气地说："给你吃。"

我向后退了一步。

"你不吃，我又要扒你的裤子了。"她说。

我接过葱和馒头，她的脸上就浮现出了梦魇般的笑容，她说："我领你去后园子的草垛。"

王姥家的后菜园和那个像巨大的玉米面窝头似的草垛是我记忆当中最美丽的事物。我和傻娥走进这个秋天的菜园的时候，使我们兴奋的首先是田园上轰然而起的麻雀。麻雀自然是受到了脚步声的恫吓。它们飞离菜园后，我看到一大片四方形的菜园像一块平滑的黑绸布一样展现在我们的视野中，一座金黄色的草垛像上帝遗失的草帽一样扣在菜园中央。这时候午后的阳光如银针般犀利地往来穿梭，所以草垛看上去流金溢彩。

傻娥从墙根挪来一把梯子，然后把梯子靠在草垛上。傻娥先攀上去，然后我紧紧步其后尘。我们一大一小的身影在外人看来一定像一只老母猴带着小猴去树上摘桃。我们爬到草垛上面后，傻娥哈哈地笑着把一本纸色泛黄的书摊开，然后她一脚把梯子踢翻，我惊叫着问她撤了梯子我们怎么下去呢。

"不下去了。"她说，"我教你念书。"

她把那本不太厚的薄册子打开，我看见纸页上有许多古色古香的图案和一排排蝇头般大小的毛笔字。她念道："纸有五色，紫白红黄，千日丹红，颜色淡妆……"她念着，得意扬扬地抬头看着我，问："我念得好听吗？"

"好听。"我说。

"那你怎么不跟着念？"她问。

"纸有五色，紫白红黄……"我马上重复，她笑了。

一个下午她都在教我念这种四字一行的工工整整的句子。那里面有笤帚、火盆、太师椅子、菊花等等的字眼，念起来朗朗上口，听起来五彩缤纷。傻娥的周身都缭绕着一种令我着迷的说不清楚的气息，比方她说金色的草垛里面埋藏着一个金色的孩子。她说这个孩子会吹号，这个孩子从来都不穿衣裳。她还说秋天走向菜园的时候，一个人也走向菜园，那是个穿黑衣的男人，他的脸上长着一圈浓密的红色的络腮胡子。他来干什么？他是来找他的女人和女人肚子中的孩子的。

日影虚弱的时候天空就变得宁静起来，她说她即将有一个孩子，这个孩子会在她肚子中一天天长大。她的眼睛望着遥远的身影和那一抹抹啼血般的晚霞，忽然间呜呜地哭泣起来。她说有个男人朝菜园中走来了，这个人要使她有一个孩子了。我从草垛上站起来向下瞭望，我没有发现任何实际的人体朝我们走来，但我感觉到一股透彻的风以非凡的力量疾步向我们走来，并且接近草垛。傻娥止住了呜咽，她坐起来，开始把草垛最上面的草一层层地往下剥，像脱衣裳一样一件件地甩下去。这样，草垛很快就矮了一截，并且越来越矮，最后，我们可以不借助梯子而从容地跳到地上。

我们走回房屋的时候二姨已经回来了。她因为刚送过葬，所以从眼睛上还可以看到鲜艳的眼泪的痕迹。王姥她们一见了傻娥眼睛几乎都亮了一下，我意识到有什么事情要降临到傻娥身上了。果然，王姥拉着傻娥的手说："娥儿，你知道王成他娘没了吗？"

"听嫂子说了。"傻娥低低说着，把脸转向我二姨。

"你是个好心人，娥儿，王成他娘去了，留下兄弟几人可怜得要命，你能不能帮着他们去做饭？"二姨说。

"行。"傻娥回答。

当天晚上傻娥就吵闹着挽个红色的包袱皮裹着她的几件衣裳朝王成家去了。我们一致要送送她，她执意不肯，她说她认得那条路。夜晚的秋色令人迷惘，我看不见傻娥脸上真实的表情，只听得见她的呼吸声和容纳了她呼吸声的苍茫夜色。我们目送着她远去，她的身影消失在遥远的视线中。

第二天早饭一过，姥姥就带着我回家了。我们依然走来时的路线，我依然看到了来时见到的那些陈旧的景致。被收割了的麦地上有鸡觅食的影子，太阳像车轮一样滚滚向前，依然有熟人在同姥姥打招呼，我们的脚印一行行地被抛在身后。

回家之后我常常想起傻娥，想念那个后菜园中秋日的草垛，我真想去看看她。不久冬天就来了，冬天来了雪也就来了，一场又一场的雪花把我们搞得晕天晕地的。一个落雪的傍晚，姥姥从邻居家串门回来，兴奋地告诉我说，傻娥肚子里有东西了，傻娥自从去了王成家后再也没有犯过病。姥姥计算了下日子说，明年的秋天就可以带着我去给傻娥下奶去了。

这么说，傻娥果真受孕于秋天的金色的草垛，而又要分娩于此了，想到这点我觉得无限神秘。如今，她的孩子已经长大了，是个男孩。她的身体格外健壮，能够吃苦。那年我去看她的时候她正在给酸菜缸注水，她见了我之后现出极其困惑陌生的表情，她仿佛在费力地回忆什么，但她终究没能回忆起来，她似乎已经忘记了那个消逝的秋天和那个金色的草垛。她能够彻底地遗忘什么简直太幸福了，我祝她长寿。

## 下部　方圆百里

当灰色庄园的房屋成为一幅结实的剪影贴在一个黑色的背景之上的时候，我的童年又被放逐到另一片土地上。这时候我已经开始上小学，我已经在夏天紫色的气息中学会了一串阿拉伯数字和为数不多的一些汉字。我的姥爷、姥姥、小姨、二姨这些活生生的人物已经被另一批充沛地活跃在我周围的人物所替代。随着时间的推移和场景的更换，我头脑中所感知的事物也就越来越丰富，越来越原始，我不需要借助任何房屋的影子就可以从容地再一次把笔插入另一片生活的旧地——一个方圆百里的古朴宁静得犹如一只褐色枣木匣子的小镇。我曾经像一只鸟一样在其中为自然的灵光歌唱过，也曾经像一只苍蝇一样在某一个角落嘤嘤哭闹过。我朝拜那里的日光、雪光、天光，我不愿意我的笔在触动它的神经时弄疼了它，不愿意我的笔在描述它的时候背离了它的本色和初始的声音，我只企望我现在居身的地方能在暑热的逼视下化为一只透明的风筝，牵着我重回旧地，重温旧梦。

## 春　天

　　这个季节给我的最深刻的印象是一个女人坐在风中淘米的姿态。我重归那个布满黄沙的院落的时候，这个女人正坐在一棵山丁子树下窸窸窣窣地淘米。那个时候风吹过树叶，树叶也爆发出一阵窸窸窣窣的声响，树好像也在帮着这个女人淘米。

　　我的母亲宁静地存在于这个小镇的两间房屋和一个院落中。她的周围环绕着锅台、瓦盆、水缸、针线、男人，以及春天的雨水。我的回归又为她的生活所环绕着的东西添了一项内容。我们居住在一幢板夹泥房屋当中的两间，因而我家的大门朝南洞开，而居于东头和西头的两户人家，却可以把大门开向日出和日落的方向，他们的院落也相对比我们的大。我母亲在阳光下淘米的时候另外两户的女主人也在淘米。淘米声响成一片也就像一股春天的风声了，我站在这股奇异芬芳的风中看着白花花的米汤像乳汁一样四溢。

　　春天和母亲连同一顿午饭在等待我。屋檐下被遮挡了的拥挤的阳光缩在墙坯上，泛着一块一块油亮的光泽。我带着某种根深蒂固的陌生感惴惴地坐在饭桌旁，小心地拿起一双筷子和一只饭碗。我抬头看了一下母亲，发现她正疲惫而温情地冲我点头，我的心底里猛然间涌起一股无边的潮湿的像眼泪一样的激情。

　　春天就在屋里屋外竖着或者躺着，它的身体绿得明滑鲜艳。山丁子树芽中的那种绿嫩让人牙疼，而草甸子上整整齐齐的像密密实实的丝绒地毯的绿又给人一种抽筋断骨的感觉。在这种时候哪怕是一只羊走进草丛，你开始觉得羊是白的，但它在草丛里活动久了，你就眼花缭乱了，羊仿佛也因沾染了满天春色而变成绿的了，你会心惊肉跳地以为羊丢了呢。

我被这里的春天给实在地威慑住了。这个古老的小镇整个被绿色给统治了。这种统治使得草、路边、墙脚不得不在它的怀中温温柔柔地开放绿色。绿色无边无际得像绵绵无期的相思。我实在闹不明白春天是在哪里采来了这么非凡的色彩，使我们祖祖辈辈的人为它而发疯，为它而专注地活着。

住在我家东头的邻居是一个寡妇。她的丈夫死于春天最初的日子。我见到她的时候她坐在春天腰部的天气中给她的孩子们洗衣服。她头上的孝已经不见了，她的面色看起来并非那种经历了巨大创痛的土黄色，而是一种隐隐的微微的粉红色。她面部最杰出的部位是鼻子，鼻子挺拔高耸，给人一种高高在上的孤傲的感觉。我站在她面前的时候她停了停手中的活儿。她说我比过去长高了，但还是不见长肉，照样一个瘦猴的模样。听她的口气，她好像十分熟悉我的过去。接着她问我是乘船回来的，还是乘车回来的。我说是坐船来的。她便问船长的胡子大不大。我说我不知道哪个人是船长，但我在甲板上看见过一个手持望远镜的大胡子的男人。她笑了笑说那他一定是船长。我问她你认识船长？她摇摇头。

我喜欢和她在一起。她的故事非常多，她能从天上的月亮讲到地上的蛤蟆，从河里的鱼讲到岸上的石头。她还喜欢喝酒，一喝上酒她的鼻尖就炎热起来，那上面缀着大大小小的圆溜溜的汗珠，像天光一样飘飘曳曳地闪烁。她的那个最大的男孩子对她的脸色和笑声好像极为不平。每当她从儿子的脸上看出了厌恶她的表情，她便以哭声来拯救自己。她的哭声像歌声一样婉转悠扬，那里面夹杂着一句半句的哭诉，像配乐诗朗诵一样，我常常听得笑出声来。她是一个力气很大的女人，母亲淘米的声音是沙沙的，而她淘米的声音却是哗啦啦的，她的手劲仿佛要把米给碾碎了。她对春天有着一种原始的由衷的热爱，她喜欢这个季节馈赠于她的全部野菜。

我喜欢吃野菜源自她，她能辨认出几十种能吃的野菜。母亲一贯认为那是穷人吃的东西，所以我们家的饭桌敞向菜园，而她家的饭桌却大大地开向田野。她从田野上撷取那些野菜养育她的孩子们，使孩子们长得生龙活虎，果然个个都有一身穷人的力气。而她的菜园里的青菜却因此而被冷落。她生就一副优质的牙齿，洁白而匀称，她吃起野菜来有声有色的。

如今我回忆起野菜就像刚刚听完一场交响乐，心中的情绪仍然停留在某一乐章的旋律之中。野菜以无与伦比的妖冶的美态永久地令我销魂。它身上散发着的气息是一顶年岁已久的情人的草帽的沉香，它的姿容是春天在太阳底下最强烈的一次绚烂的曝光，它的眼睛是春天最美丽的泪水。它的落落寡合、独立不羁，处于山野的野性风味像夏日的窗口一样永远地为我所眷恋。

我跟着她学会了辨认野菜。田间地头上油亮、光滑而瘦削的是艾蒿，在水泡子边的塔头墩上长着的小树形态的是鸭子嘴，生长在松树林地上的有一掐茎秆就冒出白浆的三叶菜和形如棕榈的野鸡膀子，专爱拣洼地繁衍自己的是水芹菜，喜欢一片片站在春天黄昏中戴着漂亮的绿色公主帽的是猫爪子菜，通身长满白色细茸毛的是老桑芹……

我们的小镇像一只古色古香的坛子一样封存着许多逝去的春天的沉香。你如果把它打开，会看到许多融化为深红色的散发着吓人幽香的花泥,它们是许多古老的春天的永恒的叹息。这悠久的叹息像圣诞节的雪花一样总让人产生一种幻觉——春天该安排在哪一个日子?

那个寡妇的淘米声又像牛车一样吱扭吱扭地走向我的耳畔。我惦记着她竹筐里没吃完的那些野菜,所以就飞快地投奔她家的院子。她告诉我,晚饭之后她要把母猪赶出去配种,所以她现在要把晚饭弄得简单些,野菜不打算吃了,去下屋的缸里捞一些咸菜拌拌吃。我失落地说:"不吃野菜就不吃吧,可是我想去看给母猪配种。"

"小女孩家家的,不要去了。"她说。

"配种不好看吗?"我惴惴地问。

"难看——难看极了!"她忽然间哈哈地大笑起来,笑得我有些发毛,她兴奋得难以自持地又说:"好看。"

我实在不明白她何以这么神经质地颠三倒四地说胡话,想必配种是一件极有意思的事吧。所以晚饭的炊烟将熄的时候我一听见她吆喝母猪出栏的声音就扔了饭碗猴急地跟着她走。她赶着那头情绪亢奋的白猪,在前面忽东忽西地走着,我和她的几个孩子则像跟屁虫一样紧紧尾随着。路过很多人家门口的时候偶尔见一两个人的影子闪一下,影了绝不说话,似乎都懂得一个寡妇在这时候赶一头母猪出去做什么。等到天色灰蒙蒙的时候,我终于见到了我想看到的奥妙,一头黑猪与一头白猪相碰撞的剪影。白猪像一块风化了亿万年的坚硬的花岗岩底座,在它的上面屹立着一座黑色的山峰,看起来奇峰突起。

当我们赶着母猪回来时星星已经先后出现了。母猪走得很慢,样子显得很疲倦。女主人说到了腊月有雪的时候,它就会生下一窝猪崽来。我听见这话的时候觉得很累，觉得跑了一次冤枉路，并没有看到什么特别让人醒神的事情。她见我不语，便又捡起那些陈芝麻烂谷子般的老话题，问我回来坐的是否是船，我怏怏地答"船"。又问船长的胡子果真大吗，我又软软而无力地答"大"。走到她家院子的时候母亲早就等候在那儿了。她温和地告诉我说家里的舅舅来了，要我回去让舅舅看看，然后晚上就寄宿到寡妇家，因为家里睡不下。寡妇爽快地答应了母亲的要求，封上猪栏，不再说什么。

和舅舅见过面后我贪吃了一些米花糖，然后母亲就把我送到她家。我去的时候炕上的她的孩子们都已睡熟，唯独她还半醒着。她安顿我睡在她旁边，我听不见外面的风声，似乎心里在害怕着什么。很晚很晚，才感觉到瞌睡无声无息地落下了。因为奇异的宁静，所以一切似乎都是空空荡荡的。但没有多久一种奇怪的声音就使空荡荡的宁静奇妙地变动起来。我仿佛听见两只鸟喁喁私语的声音，声音听起来亲切踏实。我在蒙眬中吃力地睁开双眼，恍惚看见一个瘦瘦的刀条形的脸像鬼一样狰狞可怖，沉重的呼吸声和滞浊的汗味使人怀疑半夜屋子里钻进来一只吃人的野兽。我睡意全消，一动不动地躺着，听着这让我感到莫名的呼吸声渐渐息下去，我的眼泪把自己的脸给烫着了。

许久许久的沉寂消失后，一阵窸窸窣窣的穿衣的声音小心地响了起来，我看见一个人从炕上悄悄地屏着呼吸走到地下。窗帘挡着迷乱的月光，可半掩的门泄漏进的那一小片宁静的泛着乳色光泽的亮光却使我清楚地看见了一个人的脚丫。他光着脚丫，像小偷一样谨慎而熟练地走出屋门，轻轻将门带上，然后他裹挟着一身热情消逝了。我很快听见草场方向传来几声狗吠，我明白那个偷情的人是草场上的更倌。更倌的刀条脸像一面白色的小旗一样一直惨淡地竖立在那个春末的夜晚。

第二日清晨我醒来后寡妇早已起来了，我下地的时候她正在灶间忙活做饭。我冷冷地瞅了她一眼，然后飞快地逃掉了。从那天起，我再也不愿意和父母同住一间房子。就这样，春天不知不觉地疲倦了，野菜渐渐长成粗壮的植物，我的脚丫始终在春天正在光顾的这个小镇的每一寸土地上缓缓地踏着。我开始讨厌这个寡妇，直到她的两个孩子相继在一个月内因暴病猝死，所有小镇的女人都为她的命运哭泣不已的时候，我才重新思念已逝的春天中她留给我的一些好感。后来那个在草场当更倌的男人死了，我见她神情黯然地看着棺材中那副凝止不动的躯壳。再后来，她不再打听船长的消息，而春天却使每一条河流都冰雪消融，许多大胡子的船长都驾着船远行了。而她却孤独地被抛在春天的河畔，她守着唯一的孩子，头发慢慢花白起来、稀疏起来，脚下却渐渐地鲜艳起来，她驻足之地落英缤纷。

## 月　光

我不知道世界上还有哪种月光比我故乡的月光更令人销魂。那是怎样的月光呀，美得令人伤心，宁静得使人忧郁。它们喜欢选择夏日的森林或者冬天的冰面来分娩它们的美丽。在上帝赐予人间的四季场景中，月光疯狂，庞大的黑夜被这绝色佳人给诱惑得失去了黑暗的本色。黑暗在它明亮热烈的胴体前被烧炙得漏洞百出，月光就这样透过漏洞丝丝缕缕地垂落人间。

我不是一个朴素的唯物主义者，所以我不愿意相信那种科学地解释自然的说法。我一向认为地球是不动的，因为球体的旋转会使我联想到许多危险，想到悲剧。我宁愿认为我生活在一片宁静的土地上，而月亮住在天堂，它穿过茫茫黑夜以光明普度众生。我们是上帝抛弃下来的一群美丽的弃婴，经历战争、瘟疫、饥荒，却仍然眷恋月光，为月光而憔悴。

我说过我出生在元宵之夜。阴历十五，是月亮来潮的日子。月光澎湃着，我最初的啼哭可能是因为月光的惊吓。月光从我最初来到人间的时候就笼罩我的哭声，这使我长大以后有了悲伤的时候愿意对着它倾洒泪水，月光是我哭声的唯一知音。

我父亲是我见到的这世界上最热爱月光的人。他不是月光下神情怡然的老人，他是月光下的精神苦役者。他沉重地走完一生时，月光正缤纷着滑向两岸的河流，河床上月光汹涌，仿佛他一生被压抑的激情的一次灿烂的爆炸。月光是这个世界上最无法让人捕捉的琴弦，它纯粹得使最好的琴手在它面前束手无策。我父亲是一个出色的琴手，他心灵的音乐曾经像一匹旅途的马一样驮着他远行流浪。他出生时月光湿润，而房屋的贫困之气和房屋之外等待他放牧的牛群又过于枯燥，使他站在荒凉的山坡上无法走进那个音乐丛生的世界。

父亲六岁时失去母爱，那时他身下还有两个弟弟，他被迫长大。他对音乐和月光有一种天生的敏感，音乐和月光仿佛他的同胞兄弟一样令他痴爱。他曾经考上过音乐学院，可因为家里供不起他，他的愿望最终付之东流。他被远逐在音乐殿堂之外，忍受寂寞、失落、凄凉，他走进了寒冷的人烟寂寥的森林。

我无法想象年轻的父亲第一次来到异地他乡，带着漂泊无定的情绪见到森林时的那幅情景。那会是怎样的心情呢？当一个人在月光充分呈现它魅力的地方驻留，我想泪水是对他风尘的最好的洗礼了。我不知道父亲是否在那个夜晚哭泣过，我只记得他在一次微醉后断断续续地诉说着他来时一贫如洗的形象：脚上蹬着一双花七毛钱买来的白球鞋，而身上穿的是用白布染蓝的衣裳，因为白布和颜料的总价值比买纯蓝的布要便宜一些。我想到一幅画面：爷爷站在一口锅前笨手笨脚地为父亲染布，爷爷的周围热气腾腾，父亲站在不远处湿漉漉地看着这一切。父亲走时生他的女人无法从墓室中伸出手来给她儿子的脸留下一片慈爱。

白天所有的工作结束之后，夜晚就降临了。父亲可以从容地坐在月亮里想他的心事。他心事苍茫，他歌声忧郁，他饮酒大醉，他逍遥无边。他这样在月光反复照临的土地上坐了几年之后，有一个善良的女人同他坐在了一起。父亲终于顶着密密麻麻的胡子在一座房屋下做了这个女人的丈夫，不久他又成了三个孩子的父亲。他对妻子的温柔如月光的温柔，他对孩子的慈爱也如月光的慈爱。他们的房屋在月光映衬下显得十分朴素、宁静、温暖。

我曾经在一篇童话作品中抒发过我的一种奇想。我背着一个白色的桦皮篓去冰面上拾月光。冰面上月光浓厚，我用一只小铲子去铲，月光就像奶油那样堆卷在一起，然后我把它们抬起来装在桦皮篓中，背回去用它来当柴烧。月光燃烧得无声无息，火焰温存，它散发的春意持之永恒。你听到这儿也许会发笑吧，可是我多年以来一直有这样的幻想。我生于一个月光稠密的地方，它是我的生命之火。我的脚掌上永远洗刷不掉月光的本色，我是踏着月光走来的人。月光像良药一样早已注入我的双脚，这使我在今后的道路上被荆棘划破脚掌后不至于太痛苦。

父亲是上帝赐予我的我来到人间所见到的第一个男人。他对遗憾所表现出的超脱使我的笔黯然失色。森林、河流、月光，你们以怎样的医术拯救着人类？父亲的酒杯似乎都是在月夜时出现在桌面上的。他坐在窗前，普通的酒菜黯淡无华，可窗外的月光却生动辉煌。婵娟高居天上，千古不老，可人的青春却如落花匆匆。他是否在慨叹人世沧桑，我无从揣测。可我知道，他在月夜的酒后拉的曲子令人心酸泪垂。

这样描述他连我自己也变得忧郁起来，所以我情愿再透露给你们一些亮色。他在我们那个小镇当了二十几年的校长，他是那个学校的创建者，学校的一砖一瓦对他来说都是他生命无法分割的一部分。他热爱孩子，他在世期间每天起床后都要先去学校走一趟。他在每一个早晨走进校园，在凹凸不平的操场上散步，有时会哼着一支曲子。学校简朴地坐落在森林中，他是否是学校的皇帝？他每天去学校总也看不厌那些在常人看来是人间最呆板的风景，想必他的生命在这样的地方没有得到很好的延续吧。我深深地记得他病逝的前几天他从昏迷中苏醒过来说的第一句话："该是期末考试的时候了，孩子们准备得怎样了？"

用不着为这样的话再去哭泣，因为重温一个人的善良和博大实在需要一种冷静和勇气。把这样的话仔细体味一番，谁会说离析出来的不是月光呢？

我愿意再告诉你我父亲的一些特征。他不高大，身材微胖，阔脸，头发浓密，眼睛很大很亮，充满睿智的光彩。他的手指和脚趾都异常粗壮，而我的手指与脚趾也如他一般粗壮，绝少秀气，我知道我该像父亲那样走路。

许多人踏着月光去了，许多人又踏着月光来了，道路上人影幢幢。我们生活在人间，我们无法不热爱月光。不管脱胎换骨多少次，只要你重新降临人间，就无法逃避月光的照耀。父亲永别了我们之后，母亲、我，还有我的姐姐和弟弟，大概没有谁会不热爱父亲用一生爱过的月光吧。我们必须把院落打扫干净，把玻璃窗擦得透明，把瓦盆里装满清水，让月光有美满的栖息之所。这样，父亲的灵魂会得到深深的慰藉。

月光是无法消失的。既然阳光使人间的许多丑陋原形毕露，那么谁不愿意在朦胧时分的月下让自己的心有稍许的宁静呢？我这样写的时候父亲好像正站在我背后偷偷地窥视我，他似乎在责备我不该走到这样一个月光稀薄的地方。这个灰沉沉的角落，很少感受到真正的月光，污染像瘟疫一样弥漫，使那么好的月光无法真实地投进你的窗口。

还要说一说我父亲的酒量。他的酒量很大，这同寒冷同忧郁有关。医生说他的病与饮酒有关。我不知道这是否科学，我宁愿把它认为不科学，因为我不愿意承认父亲饮酒是一种罪过。酒同月光一样是父亲的知心朋友，他拥抱它们直到生命的最后一息。

父亲去世后我曾经写过这样一首诗：

他离去了
亲人们别去追赶他
让他裹着月光

在天亮以前

顺利地走到天堂

相信吧

他会在那里重辟家园

等着被他一时丢弃的你们

再一个个回到他身边

他还是你的丈夫

他还是你的父亲

无论什么时候，月光都会依稀浮现。过去的事情很多，要一一忆起实在困难。可是，每当我想起父亲，月光也就不会遗漏，月光会像一个好朋友一样推门进来，深情地站在我身边，如一条长久地挂在我屋门口的珠帘，与我朝夕相伴。

我永远不认为地球是旋转的，因为我希望父亲真正安息。在有月光行走的世纪里，我想故事永远没有结局。

## 大　雪

只有在吃厌了五月的樱桃和草莓之后，我才会嘟着红艳艳的嘴唇渴望大雪。大雪，这北国冬季里埋藏着的最漫长的谎言，使多少人疯狂地背负雪橇艰难谋生。当我的笔开始触摸它的时候，唇齿间依稀生出寒意，而一个老人的脚步声也寸寸朝我逼近。

在我年幼的时候，常常是一觉醒来，觉得并不是该亮天的时辰，可天却已经凛冽着亮了，房屋因为这早来的天色而被迫终止黑暗横行。这种突如其来的光明出现的日子一定是在冬天的雪天。雪花喜欢在夜晚时袭击人间,它们美丽的飞舞行为也大都停止在黎明之前。它们仿佛是为了抛弃黎明才赶在黎明前争夺天色的。

我喜欢在这样不同寻常的黎明时去推屋门。门里装着一家人的生计和温暖,而门外的雪景则妖娆林立,雪光使朝霞失去了鲜艳。我推开屋门的时候可以听见门的底边与雪相摩擦时发出的那种声音,声音让人想起春风在掀动白桦树身上半开的桦皮。当然这是在雪厚的时候才可以感觉到的。如果雪下得比较薄,那么门推开的只是单调的寒气。

在我对生命雪天的回顾中,总是伫立着一位老人的影子。这是一个年逾八旬的老人,这个老人在许多年前一直过着孤居的日子。他没有子女不是因为他没有拥有过女人,而是因为想成为他老婆的人他不动心,而他爱的女人却无法成为他老婆。我们小镇的人都认为这是一个年轻时风流放纵的人,而且大家也都认为他过去的泛滥风流导致了晚年的灾难。他高而瘦弱,胡须斑白,眼睛小得仿佛没生眼睛似的。他形如一株被抽空了麦穗的被雪压弯的麦秸。他喜欢大雪如他孤独的存在一样执着。

在北国是无法阻止大雪降临的。上帝把寒冷季节中最温柔最灿烂的景色播在这里,本身就造成了一种雄壮和神秘的气氛。雪的色彩极为绚丽,它时而玫红,时而幽蓝,时而乳黄。雪光呈现玫红时是朝霞初升时分,那时炊烟在鸡啼之后升起。雪光展现幽蓝时是傍晚时刻,这时所有的恋人都在祈祷黄昏的消失。雪光隐现乳黄时星月稠密,树林中所有的鸟都因眷恋美丽的景色而放弃歌唱。

在异乡每一个日子的苍茫时分,当我无法驾驭自己身上那份浓浓的伤感时，我便将伤感放逐出来，让它回故乡的雪天去休息。这时伤感会很快地坐在一片被雪覆盖着的森林中。那四周寒气燃烧，伤感显得十分渺小和孤单。最后，终于是漫天飞舞的雪花将它融化了。

年逾八旬的老人在年逾九旬时同大雪一起沉落，葬他时人们平静得如同去田里劳动。他的坟墓注定是这个世界上最荒凉的坟墓，也只有他才承担得起这份荒凉。我总是无法忘怀他那个在雪天中显得光彩勃发的院落，那是他的囚居之所和浪漫飞翔的出发点。在雪天的日子中，他会站在那里堆出许多种雪人。他喜欢堆兔子、野鸡、白熊和狐狸。他塑的狐狸逼真得使人想跪拜狐仙，原因可能是他太爱狐狸或者是深受其害，他才会将狐狸塑造得栩栩如生。但他最喜欢的还是塑女人，雪花仿佛是这世界上雕塑女人的最好的材料。因为我见过的最让人动情的女人就是在那个老人的院子中。她们总是坐在漫长冬天的每一场大雪中，态度安详温和，体态丰腴，神采超然，仿佛已有了呼吸。

我总认为雪花拥挤在一起涌向地面是因为它们自身无法承受寂寞。它们以寂寞来拥抱寂寞，所以才有胆量叛逆天庭，才有勇气接触尘土。看破红尘的人在大雪来人间的路上与它们擦肩而过，庙堂里烛火辉映。你挽着衣袖来到河边，看到许多女人的形象如红鱼一样游在水里，你才明白男人为什么少了为他们生孩子的人。

有一次我在大雪停息之后走向他的院子去看风景。那是黄昏时分，我担心老人没有出来塑雪人。然而当我走进他的院子的时候吃惊地发现那里面像马戏团一样热闹。有个高大明艳的女人正牵着一只短尾巴的狗朝栅栏方向走去。她仪态万方，似乎已过中年，但风韵依然锐利。这个女人的身后躲着一只白熊。在白熊的东侧，也就是高大的女人的身后，又有一个十七八岁模样的女孩子袅袅婷婷地举着一盏灯给她脚下的一双乳白的羊羔照着亮。那时黄昏正把它满满当当的柔和之色厚厚地涂在这些雪人身上，这些雪人显得格外深情，仿佛想打开老人院子的门走出来做我们这个小镇新的公民。这片景色迷人得让人不敢大声呼吸，不敢贸然涉足她们的居住之地以免践踏了那种无处不在的美丽。

　　当时那个塑造这些雪人的老人正坐在门前茫然地想着什么，他的样子显得极其疲惫，你可以想见一个激情消逝的人面对黄昏时的神情。他的瘦弱总使善良的人想起他经历过的饥饿和揣测现在他仓中的粮食是否殷实，他的瘦弱也使一些人联想到他年轻时采花的狂热。要走完人的一生并不容易，这同一个男人是否能真正拥有女人一样不容易。我看到那个老人坐着的表情和他房顶上黯淡的炊烟时，首先想到的便是他的饥饿。他一定是累得眼花缭乱了，他的棉衣棉裤已经有许多年没有女人来给翻新了，所以棉衣棉裤看起来死板滞郁，也正是这样的外衣包裹着一个老人起满褶皱的灵魂。我站在他的院子外无法忍受黄昏消失之后那些雪人显得更加幽美的情景，我便赶回家为他取来一个馒头。当我返回时，老人已经站在那个高大的女人面前正为她的嘴唇涂胭脂。不知是因为天色的缘故还是因为胭脂存得太久了，胭脂看上去一点也不鲜艳，但那个女人的风韵却依然绰约动人，是我们镇子中我见过的最漂亮的女人。我拉开他的院子门小心翼翼地走到他旁边，然后把馒头放在他手上。他接过馒头后胡须像风那样游动了一番，接着我看见他的眼睛像星光那样跳了一下，仿佛他在生长眼睛。他问我是否喜欢这些雪人，我告诉他我喜欢得要死掉了。他古怪地笑了一声，这是一种结束某种东西的笑声，我忍不住颤抖了一下。

"你为什么不给那个姑娘也涂上胭脂？"我问。

"不，不不。"他说。

"你的胭脂不够用了吗？"我又问。

"胭脂很多，可不是这个姑娘该用的。"他说。

"你太偏心胖女人了。"我说，"那个举灯的姑娘是谁家的？"

"她是我年轻时在河边遇见的一个姑娘，她很胆小，她一到晚间出门时就要举起灯来，不敢暗夜行路。"

"她从小被吓着过？"我问。

"不，她天生胆小。姑娘胆小才美，她总是举着灯，你长大了也要学会举灯。"他说。

"可我不喜欢羊羔，羊羔的叫声太难听了，这一点我不能学她，我喜欢兔子。不过胆小我可以学会，因为老有事情要吓着我。"我问他，"那个姑娘后来去哪儿了？"

"她丢失了。"他说。

"她举着灯还会丢吗？"我说，"是不是走在河边的人爱迷路？"

那天我不知道问了他多少个问题。后来我的问题把这个老人折磨得面露苦色，他并不太喜欢一个孩子来打扰他的寂寞。当我走出院子时他告诫我长大以后不要询问大人的事情。我便有所领悟地说见了男人不要问有关他女人的事，见了女人也不问有关她的男人的事，这样就对了，是吗？他笑着点点头，在星光灿烂的时分将我送出他的院落，而他独自与这些雪人苦恋相依。

老人死的时候我的童年已经像伤口一样结痂了，我在疼痛中长大了。封闭他院落的时候我出奇的伤感。他躺在山上那片越来越热闹的坟场里，他没有墓碑，他的墓志铭除了那些与季节一同消失的雪人知道之外，其他人无论如何都无法破译出来。他消失在冬天，不是因为疾病和饥饿，而是因为老死，因苍老而死是一种什么样的福气啊。

他那个举灯的小女孩是否已经在他去的路上举着一盏灯等他，我不得而知。但我知道大雪使人间许多龌龊的景色拥覆上苍白的谎言时，老人曾经用心塑过的雪人会像刚刚刑满的人一样纷纷走出心灵的牢狱，以它们的存在让我们回忆老人的一生。

又是大雪休憩在我故乡森林的时令了。寒冷像花香一样弥漫，炉火正旺。男人女人都守在屋檐下安安静静地做男人女人。我便联想起不久以前我所做的一个梦：我拉着一个巨大的雪橇行走在山间，是冬天的时令，寒气袭人。我无论使出多大的力气也拉不动这雪橇，我低头四顾，蓦然发现我的雪橇原来行走在无雪的土地上。

是谁使我背负雪橇，而又远逐我于雪原之外？请大雪来回答。

## 葬　礼

蜡烛点起来了，是祈祷亡灵走向天堂的时刻了。穿丧服的人越聚越多。是什么时候，我跪在寒冷季节中一个亲人的棺材前对着苍茫的寒气和香火缭绕的祭品默想灵魂的归宿？葬礼，这是上帝赐予人们的崇高殊荣，是人们在人间度过的最后节日。

我不想把葬礼说得多么庄严，那是因为我参加过的故乡人的葬礼大都充满着阳光和澄净的空气以及细碎的鸟语。每一个死者都像出家人一样去意已定，他们留给自己亲人的只是缠绵的哀思和无穷的回忆。

我小的时候十分恐惧葬礼。丧钟一旦低沉地在我们小镇敲响，几乎所有的孩子都觉得大人们又要像死去的人一样耍花招来抛弃他们了。孩子们总是认为大人们很自私，他们想死就死，他们看上了一个好日子就没命地追逐死神，一去不复返。这样的日子倒霉地出现在我们小镇的日历上时，许多女人的哭声就很让人忧伤。尤其是夜间，我很怕出门，怕行走在某一条幽巷会撞上鬼魂。在丧葬的日子里，我总觉得鬼魂会像火苗一样熊熊燃烧。

据我们小镇那个专门主持葬礼的人讲，任何一个死者的灵魂都是朝着天堂或地狱这两个方向去了。天堂是善良的人居住的地方，那里四季鲜花环绕，生活空灵而富足。所以活着的人拼命做善事积德，以此来安排来世的道路。

听说去天堂的时辰大都是在日出之前，天光不十分明朗，春天尤其好上路。如果田野里植物泛黄，那么死者穿过秋天的大雾会迷失方向，死者会被寒露所围困。所以春天的葬礼像节日，而秋天的葬礼才更像葬礼。

傍晚的灰暗和冷雨无情地笼罩着我们小镇，送葬的队伍在众多伞的覆盖下缓缓出发了。伞与伞相组接，诗意盎然。这是夏天，雨季，被送走的人是我们的老师。老师的声音在教室里消亡，他的影子从讲台柔曼地飘向窗外的雨中。我和许多他的学生为他送行。我在雨中想起了他讲给我们的一个童话故事。他说有一个音乐家穷困潦倒，他创作的所有作品都不被时代所重视。当他的呼吸将要停止的时候，他的满头白发忽然像琴弦一样直直地竖起来，一缕阳光犹如一双纤巧修长柔韧的女人的手指一样在那上面弹奏出他最后的作品。他的作品使窗外春色萌发，音乐家终于在他自己创作的音乐声中沉醉离去。我站在送葬的队伍中，朦朦胧胧地觉得，老师也是听着自己的音乐走向极乐世界的人。每个人大概都要这样离去的，莫名的孤独将我紧紧包围，我在孤独中垂立。这时有一个男孩子感觉到了我的忧戚，他便在雨中送给我一条狗。他与我是同学，他大概因为忍受不了葬礼的苍灰之色才怀抱一条乳狗。

"新下来的崽儿。"他把狗交给我说，"它可喜欢用舌头舔人呢。"

"你还有心思谈论狗，老师死了，你不难过吗？"我哭泣着接过那条狗说，"老师为什么不死在春天？"

"因为他的老婆已经死在春天了。"男孩子说，"何况他还喜欢夏天。"

"他不想进天堂吗？"我问。

"我想不会不想吧。"男孩子若有所思地说，"我们将来也会像老师一样死的，那时别人也会来参加我们的葬礼。"

他的话使我心惊肉跳得直打哆嗦。我望着雨水中他的漆黑的眼睛，心中以为他也是被吓着了才会说这样的胡话。那次葬礼我送走的是老师，而带回来的却是一条狗。因为它来自夏天，所以我称它为"小夏"。

小夏刚来我家的时候才满月，它的猎叫声还有些奶声奶气的。我们没有牛奶给它喝，所以只能喂它米汤。它吃饱了就缩在墙角，安安静静的，像个乖孩子，十分惹人怜爱。小夏一岁的时候已经可以独自在深夜的院子中守护家门了，两岁的时候小夏就独自出门结识一些新的伙伴，并且显得很随和，与它们相处得很好。它毛皮泛黑，身材颀长，尖尖的三角耳像两只号角一样神气地竖着。当小夏激动的时候，它的两只耳朵就像被触摸了的含羞草一样微微地打卷，尾巴也耀武扬威地晃来晃去。我十分喜欢它的英俊活泼。它身上散发着的蓬勃之气与我初次在葬礼中见它时它显出的忧郁大相径庭。每天晚饭之后我都带着它在院子中习武。我常常把一只破鞋挂在墙上，让它上去扑，然后再将鞋拿下来。我还喜欢抓半个窝头勾引它把两只前爪抱起来，一蹿一蹿地对食物垂涎三尺。我和小夏成了最密切的朋友。可是当小夏长到三岁的时候，它忽然变得心事重重。它经常在傍晚该守家门的时候悄悄地夹着尾巴溜走，到夜深时分才探头探脑地回它的老窝。它的眼睛流露出某种温情和忧郁，它很快跑瘦了。那一年因为饥荒所以我们小镇上偷东西的人多如蚂蟥，家家户户都在训练自家狗的看仓本领。所以，母亲总是埋怨我说，你把小夏惯得越来越不像话了，贼也不拦，家门不守，倒像只野狗。我听后认为母亲的话是有道理的，所以也很生小夏的气。

有一天晚上小夏又回来得很迟。我听见它装模作样的轻微的脚步声后就从炕上爬起，披衣下地，走到院子里。它遇见我的时候已经走到狗窝旁，我飞身一脚狠狠地踢了它一下。也许它认为自己理亏了，所以它忍痛没有嚎叫，它哀哀地放下尾巴围着我打转。我心下一软，便饶了它。小夏老实了三天。第四天傍晚，小夏又神出鬼没地行动了，它这次一直行动到凌晨之时才回来。它这次不是自己回来的，它还自作主张胆大包天地带来了另外一条狗，是只矮矮的、怀了孕的、黄色的笨狗。直到此时我才明白，小夏那一时期在外面历经了由恋爱到结婚这一过程。小夏见我在清晨的露水中等候它，它万分愧疚地扑在我脚下，用舌头反反复复地舔我的脚面。它认为它对我施够了温存之后，就与它身后的母狗站在一起，小夏想让我接受它的爱人和它爱人肚子中的东西。我没有表示否认，因为这条不太漂亮的母狗实在太温情了。这母狗用哀怨的眼神望着我，头稍稍偏着，嘴巴矜持地拐着。我不认识它，从没有见过它，看来它的主人并不是这个镇子的人。那么，小夏在我们镇子中竟然就选不出一条中它意的狗吗？我向它们点头致意，小夏就放心地带着它的情人回窝了。

第二天早饭时母亲坚决地反对我收留小夏的情人。她主张我们应该把那条母狗放了，因为母狗来的这天是个不吉利的单日子，另外更重要的是我们不能既养公狗又养母狗加上它们的崽子，否则，狗氏家族的旺气将会压倒我们。我难过了半晌，问母亲是不是因为口粮问题。母亲犹豫地摇摇头，但我想有这方面的因素吧。

我们全家商量决定用锁链把小夏拴上，然后让母狗自己回它的家分娩去。

早饭一过，天明亮得像抒情诗一样，满地都排满了金色的诗行。我用一只盆装上些残渣剩饭，然后召唤它们出来吃饭。它们俩慵懒地慢吞吞地出来刚刚吃了几口的时候，母亲就在它们毫无戒备的情况下站在小夏背后飞快地用锁链紧住了它的脖子。小夏拼命挣扎，并且呜呜狂叫，尝试着往门口奔跑。但经验丰富的母亲早已把锁链拴在了一根柱子上，小夏的挣扎只给它的脖子留下一道深深的疤痕。我们把母狗逐出家门。小夏看着母狗被赶出家门的时候，它的泪水挂在脸上，那是我第一次看见狗流泪。

母狗在我们家门口足足留恋了两天才依依不舍地离去。它离去后小夏水米不沾，它老是瘫在窝里，不停地流泪。它很快瘦得皮包骨了。我逗引它玩的时候它睬都不睬，更不要说让它看家了，它对任何生人的来访都无动于衷。就这样，小夏终于病死了。当我在一个正午发现它永远不能动弹的时候，不禁哭泣起来。我谩骂母亲说是她出了坏主意导致了小夏的死。我想去请那位会引渡亡灵的葬礼主持让小夏去天堂，可母亲坚持说要把小夏的皮肉剔下，皮用来御寒，而肉则用来改善生活。这样，小夏到傍晚时就被分肢解体了。我找到那个送给我狗的小男孩，我们俩一直心事茫茫地等到夜深，那些吃狗肉的人才从我家打着响嗝出去，桌子上扔着小夏身上最精粹的部分——骨头。我们像捡麦穗一样将这些沉甸甸的骨头拾在一起，然后偷偷地溜出家门，在日出之前将骨头埋在我们老师的坟前。我们在坟地里点起一支微弱的蜡烛，双双祈祷小夏快快走进天堂，祈祷我们的老师好好照顾小夏。

半年很快就过去了。春天又来的时候我又抱回来一条小狗。一个阳光明媚的下午，我听见大门外有狗低低的猗叫声，我打开大门，发现小夏的情人正带着它的三个崽儿来找它的丈夫。小夏的情人由于做了母亲，出落得比以前更漂亮了，它仪态优雅，毛色光洁灿烂，它一看见我就呜呜地带着孩子走进院子。我心里伤心极了。可怜的小夏，我犯了一生中最不可饶恕的错误。我坐在那个春意辽阔的季节中，为自己的过错而哭泣。倘若死去的人都去了天堂，天堂不是太拥挤了吗？我真担心小夏会因此而被挤落下来，所以我喜欢瞭望天空，万一小夏被挤落下来了，站在大地上接住它的一定是我。

## 尾　声

　　写尽了诗情画意之后，暑气已经陨落。我的笔所追踪的那架四轮马车，它终于走到故乡了。我写过了，我释然，可那遥遥的灰色房屋和古色古香的小镇果真为此而存在了吗？我感到迷茫。我依然客居异乡。在寂寞中看着窗外的枯树和被污染的河流，我知道，下一季的钟声又要敲响了。

# 麦　穗

一

我的图画老师把我当堂画的几棵麦穗提在他手中，然后绕着教室中那几条由桌椅隔开的狭窄的过道让每一个同学都有机会欠着屁股去看那张图片。画面上是几棵贼头贼脑的麦穗，我给它们全部着上了紫色。老师时而把图片提高到他的头部位置，这时他就好像一个投降者举着那几棵荒唐的麦穗。同学们不时地发出种种带着味道的笑声。老师的奚落和某些同学的嘲笑强烈地刺伤了我的自尊。我简直要被他们逼哭了。那时候教室外面正是秋天收获的晴朗的好日子，许多农民都弯着腰在大地上收割北方那少有的丰收的麦穗。我的眼前闪现出了母亲披肩的颜色。为了抑制自己的情绪，我开始固执地把双脚跷到桌面上，以示我不屑一顾、毫不在意的心情，其实，那一刻我心里绝望得想投河。

下课铃声终于在漫长的煎熬中响了起来。老师余兴未尽地收回画片，然后走上讲台悻悻地说："你并不是一个色盲患者，所以你将来会是一个精神错乱的人！"他的话使我联想起了疯子，记忆之中的疯子便接二连三地频频出现，我的神色难免恍惚起来。我第一个走出教室，然后一口气跑到教室后面的山坡上，一边哆哆嗦嗦地哭一边回望教室，暗自咬牙切齿地说："我真要把你杀了！等着瞧吧，孙子！"


二


　　我多多少少还记得父亲的一些慈爱是与天气联系到一起的。父亲不是那种安分守己的农民。他狡猾、自负，却又不乏幽默。父亲喜欢恶劣的天气，因为这样的天气他的身份不再是农民，他不必去下田。他在房屋中神气十足地做丈夫和父亲。他指挥母亲为他做这做那，譬如唤她往炉膛里多添几块劈柴，那时户外肯定在下雪；或者是要母亲为他捶背，他盘腿坐在炕上抽着劣等的香烟哼哼哈哈的像个老爷，这样的日子外面多半是在下雨。我和我的妹妹西西这时候都会受到父亲的片刻青睐。父亲会喊着我的小名把我叫到他身边，他一边搓着脚丫泥一边问我是否学会乘法了。他说我若会了乘法便会放牧和拥有羊群。父亲喜欢吃羊肉，鲜美的羊肉是他对晚年生活的最高企望。我告诉他我学会乘法了，他便点着我的脑门说："好小子，你将来肯定会有一大批羊群的！你可不能丢任何一只羊！"这时候我感觉父亲是爱我的。但他喜欢的还是西西。西西对于父亲永远都显得比我重要。西西是个非常难看的女孩子，脸总是脏的，鼻涕老爱往她的嘴角流。我不愿意带西西出去玩有时纯粹是因为她的鼻涕，她太爱抽鼻涕了。她当众抽鼻涕的声音常常使我觉得像是受到了鞭打。正因为如此，西西非常讨厌我。她不愿意喊我为"哥哥"，而是常常吆喝我的小名。她经常在清晨起床后在我的睡帘子外面喊："麦穗，哎——今天该轮到你倒尿罐了！"这时我不得不起来恼火地按她的吩咐去做。母亲说她怀西西的时候非常能吃，因而西西比她的实际年龄看上去成熟一些。她的肤色极黑，粗糙得像砂纸，而且头发老是乱蓬蓬的像鸡窝一样。母亲建议她扎小辫的时候她总是气鼓鼓地叉着腰说："麦穗为什么不梳辫子，为什么要我梳？！"

母亲便温和地拉着身上的紫色披肩说："因为麦穗是男孩子。"

"男孩子有什么稀奇的？"西西挺着她的胸脯，带着挑衅的口气说。

母亲无奈地叹气，悄声说："西西你可不能这样，你是个女孩子。"

"知道了，我知道了！"西西高叫着，把门摔得山响。父亲喜欢西西可能正是因为西西的丑陋和野性。他喜欢亲西西的脸蛋，就像他喜欢拍马的屁股一样，而且那声音也都是惊人地相似。我特别忍受不了父亲用他的臭嘴巴亲西西时西西所表现出的傲慢。西西觉得她的待遇比我高，她认为她比我讨人喜欢，至少在我们那个家庭中是这样。

母亲的美丽和温情使我觉得自己与她之间毫无距离感，而且我确信自己是从她的肚子中慢慢爬出来的。她从不多言多语，而且似乎永远不会发脾气。西西完全没有继承母亲这种极好的天性。西西三四岁的时候还喜欢光着屁股在山坡上跑来跑去地捉各种虫子,西西还喜欢阳光,她的皮肤的光泽是她迷恋阳光的结果。

在童年我和西西相处得并不太友好。她比我矮一个年级,但是当我升上四年级的时候西西忽然以优异的成绩跳到我们班来,她似乎是为了证明自己超人的禀赋才示威性地来到我们班的。一个比我小一岁但异常聪明的女孩子就坐在我们班的最前排,她叫西西,所有人都知道她是农民的孩子,是我的妹妹。这有时真让我受不了,她的乘法口诀倒背如流,而且语文成绩也出类拔萃。在她来我们班后所上的那堂图画课中,我便将麦穗画成了紫色。西西当时同其他同学一样发出了古怪的笑声,而且在当天晚上她唤我吃饭的时候居然恶毒地说:"喂,紫色的麦穗,该喂你的猪脑袋了!"

## 三

西西在有一年学期末的考试中又得了全学年组的第一名。她接到成绩单顾自得意了一番之后,就把它揉成一团,从教室的窗户抛到外面的操场上。她快意地打了一声口哨,然后一蹦一跳地凑到我的座位旁,故意大声地问我:"麦穗,你排第几?"我知道她明知故问,知道她在刺激我,所以便没有好气地说:"你管得着吗?小母狗!"西西便不由分说地抢过我的成绩单说:"哦,这次是倒数第八,比上回进步了一格!看来爸爸没有说错,你将来会有一大批羊群的——小羊倌!"西西丢下我的成绩单说:"麦穗,如果你每星期帮我洗两次碗,那我就可以每天帮你补半小时的课。"

"我不需要你给补课。"我固执地说。

"你少去几次麦垛,你每天多学一会儿,你肯定会考好的。麦穗,你并不笨,你太贪玩了。"

"西西你也是个贪玩的。"我说。

"我用不着学也会考好,可你不行,麦穗,你别嘴硬,你不如我,下一周的尿罐都得由你来倒。"

"为什么?"

"因为你没考好。"

"可你为什么把成绩单撕了,就因为你考第一吗?"

"不是。成绩单旁边的鉴定上说我不讲究卫生,我不懂这是什么意思,所以就把它扔了。"西西说完,就回到她的座位旁边去取她的书包。她的书包是绿色的,上面到处都浸着油渍和污迹。包里面的书全都卷着边,一层一层的,像是白面油卷子一样。西西背上书包后就扭着屁股哼着什么粗野的小调回家了,她从来不与我同行。

那天晚上父亲和母亲都对我和西西结束了学期课程感到兴奋。因为暑假时我和西西可以帮助他们下田干活。在父亲眼里,我在暑假的形象与小牛犊完全吻合,而西西也不例外。她也得像小毛驴一样被迫地背上了套去拉磨。晚饭时父亲吩咐我第二天就和他下地去拔土豆地间的蒿草,蒿草已经妨碍土豆的生长了。我怏怏地点头称是,而西西则幸灾乐祸地斜着眼睛窃笑,并且在喝汤时故意重重地把勺子磕在碗边上,弄得叮当乱响,使我火冒三丈狠狠地瞪了她一眼。她竟毫不在意,似乎无视我的存在。这时候母亲及时地发话要西西第二天把去年冬天剩的两筐土豆给去了皮来磨粉。西西握勺的手软了一下，眼睛里流露出鄙夷和不满的神色，然而她很快就尖着嗓子攻击母亲了："你干吗大热天的也要披着披肩？"

母亲皱了一下眉头，但没有说什么。

"因为这披肩漂亮。"我回答。

"这是多么难看的披肩呀，没有比这种颜色更蠢的了，紫色的麦穗，你将来会是一个精神错乱的人！"

"你这头小母牛，闭了你的嘴吧！"我真想用针线封锁她那张尖刻的嘴巴。

"可是，妈妈，土豆已经长了那么粗的芽了，已经有毒了，干吗还要吃它，新鲜的不是快下来了吗？"西西还在为她的话辩解。

"我们只是用它来磨粉。"母亲仍然纵容西西的胡说八道。

"那就用不着去皮呀。"西西据理力争。

"好吧，你可以不用给土豆去皮，可是你得把土豆芽掰掉，然后把土豆洗干净，我可不希望你磨出的粉像水泥那样的灰！"母亲最后还是让步了，西西才肯罢休，西西为她赢得的胜利而感到得意。

第二天清晨，露水还没有被阳光照散的时候，我就被母亲的召唤声弄醒。这时候西西正捧着尿罐紧着鼻子朝厕所方向走，而父亲已经把下田的工具准备好了。我赶紧洗脸漱嘴，麻利地凑在饭桌那儿吃饭。吃饭时西西用胳膊肘碰了碰我的手臂，有些不好意思地说："麦穗你昨天生我的气了，今天就别生了。"

"我根本就没和你生气。"我觉得心情一下子变得愉快起来了，西西是个很少向人道歉的人，我忍不住想发笑。

"你下地回来时给我采几棵酸浆，好吗？"她把道歉的谜底给说了出来，这使我略觉不快，有一种被戏弄的感觉，但我还是答应了。

## 四

母亲无论是在冬天的火炉旁还是在盛夏的场院中都要披着披肩。披肩的质地是麻纱的，布丝很粗，所以布料看上去比较大方和古朴。从我和西西有记忆的时候开始，她就披着这条紫色的披肩在我们眼前晃来晃去。别人家的女人没有披这种东西的，所以母亲的怪癖常常惹人耻笑。有爱饶舌的女人就说母亲的肩后长着两只小小的犄角，她是用披肩来遮羞的。不管怎样，我们还是喜欢母亲披着披肩的姿态，这会使我们觉得她活得很健康，否则，披肩被放置角落的时候，她一定是躺在炕上生病。西西虽然攻击过母亲的披肩，但她还是比较喜欢它的。母亲干活时披肩碍她的事的时候就会自然地将披肩放在旁边，西西这时就会比试着披一下，并且左右地转一转，偶尔也问我一句："麦穗，你看我这样好看吗？"

有一次父亲吩咐我和西西进城去买肥皂和盐，我们坐着一架供销社捎脚的马车，在车上我们不停地争吵如果余下钱来的话我们可以做些什么事。我说我想买一个哨子或者一把塑料的喷水枪，而西西则坚持说我们每个人需要一把小刀。为这些鸡毛蒜皮的小事我俩争执得面红耳赤，最后西西开始骂我是个"乌龟"，而我则骂她"鸭子"，赶车的老板忍不住被逗得哈哈地大笑起来。我心烦意乱地听着马蹄细碎而有力的奔跑的声音，不知道是对西西屈服呢还是固执己见。正在这个时候，马车转过山崖，是一个幅度很大的弯道，车放慢了速度，西西忽然从马车上跳下来，像羚羊一样机敏地跳到路面上，她并没伤着。她下了马车后一边随着马车奔跑，一边哭着喊："麦穗，你要不答应我买小刀，我就不上马车，我要跑死我！"她满脸尘土和泪痕，头发越发显得乱糟糟的了。我又心疼她又害怕她，所以赶紧说："我答应了，每人买一把小刀！"这样，西西才重新跳到马车上来。她上来后一屁股坐在车尾，两腿荡悠着，背朝着前行的道路和我。我从后面看见她不停地用手抹脸，我知道她在擦拭泪痕。直到马车进城了，车老板为马的屁股套上粪兜的时候，西西才转过身看我，然后冲我笑了一下。

回来时我们每个人的兜里都装着一把小刀。我选择了一把紫色的，而西西则选择了一把红色的。西西并不喜欢红色，她想要黑色的，可商店的售货员说黑色的已经卖光了，她毫无办法只好收容红色的，因为她曾经嬉笑过我画的紫色的麦穗和母亲身上的紫色的披肩，其实她并非讨厌紫色，我从她脸上的表情可以感觉出来。

在西西面前我似乎永远是败者。我弄不懂她为什么喜欢刀子，而且要求我也要有一把。我问她的时候西西闪烁其词地说她觉得刀子漂亮，可我料定这里面有什么秘密。我想方设法地套问她，可她总是机灵地岔开话题。我便抱怨，青山的颜色单调得让人受不了，还有路面也是越来越糟糕，没有养路工来保护路面，那上面坑坑洼洼的，马车驶过颠来颠去的像睡在摇篮中，路是显得越来越不成样子、越来越没有前途了。西西似乎忍受不了我长时间地控制讲话的那种气氛，她开始尖着嗓子叫嚷："够了，够了，我听腻了，你不知道你的声音听起来就像放屁一样难听。"

"那你说呀。"我刺激她,"你从来没有什么好听的话可以说。"

"麦穗,你竖好你的耳朵,你听我说,你知道爸爸和妈妈打架的事吗?"

"西西你在胡编,他们从不吵架。"

"那是骗人呢,他们半夜打架你知道吗?"

"我不知道。"

"可我四岁时就知道了。"

"你说谎,西西,你不能这样。"

"得了,麦穗,你根本就不想听,那就算了。"西西摊开双手,摆出一副无可奈何的成年人的姿态。

其实我知道西西没有说谎,她说真话时的表情我看得出来,只是她说她四岁时就发现爸爸妈妈吵架的事我却一点都没有察觉,我向来觉得家里的气氛像春天的空气一样和煦,西西怎么会发现父母半夜吵架呢?

"麦穗,我四岁的时候有一天半夜,忽然被一种特别的声音给弄醒了。我当时没有声张,等我的眼睛在黑暗中能看清东西的时候,我发现爸爸正在用披肩勒妈妈的脖子,妈妈扭来扭去地憋着声和他撕扯,后来爸爸就把手松开了,妈妈开始小声地哭。"西西诉说这些话的时候脸上仍然带着恐惧的神色。

"你没看错和听错?你是不是在做梦?"我倒吸了一口凉气。

"不会,你知道我的眼睛最好使,在雾中我还能看清老牛呢。我的听力也特别好,你忘了我能听见井边小青蛙的咕咕声?"西西说。

"可是,爸爸为什么要那么做呢?他可能并不想勒死她,没准他们是在闹着玩呢,他如果想勒死妈妈的话,妈妈肯定一天都活不成,他们一定是在做游戏。你忘了老羊倌爷爷说过,大人们最愿意深更半夜趁孩子们都睡着的时候做游戏?"

"那种游戏我知道。"西西忽然诡秘地笑笑说,"他们做的不是那种游戏。妈妈当时就是在哭,她哭的声音非常小,她肯定是怕弄醒我们。可老鼠都听见妈妈的哭声了,老鼠那天吱吱吱地叫个不休,独有你麦穗笨头笨脑的还在睡。"

"妈妈哭过怎样了?"我问。

"妈妈抱着枕头要去地下睡,后来爸爸把她抱住了,他亲了妈妈,后来他们就到一个被窝睡觉去了。"西西说。

"他们现在还打架吗?"

"最近妈妈在半夜时又有哭声了,所以我们都得预备一把小刀,一旦妈妈被勒得快不行的时候,我们得用刀子把披肩割破。"西西非常果断地说。

我的心底觉得无限悲伤。家庭中发生了这么重要的事我却一直被蒙在鼓里,我实在是个糊涂虫。一旦爸爸一时失手勒死了妈妈,我和西西该成为谁家的孩子呢?

## 五

我讨厌秋天,对夏天也不热爱,春天也觉得一般,所以挑来挑去还是觉得冬天最好。冬天的时候我可以待在房屋中对着炉膛的火烤土豆吃,还可以出去捕鸟,在雪天出去捕麻雀是最让人快乐的事。可西西却不喜欢冬天,她说冬天穿着厚厚的棉衣棉裤她觉得要被裹死了,她喜欢夏天,那时候她可以穿着短衣短裤像男孩子一样无所顾忌地走来走去。所以班上的许多男同学如果在上厕所的路上碰见西西时总爱说:"西西,你应该跟我们到这里来站着撒尿。"西西便当真地跟在他们身后朝男厕所走,这时候常常是我把西西给拽回来,所以我非常憎恨班上那些爱开西西玩笑的男生,同时也不满西西那种毫无羞耻的做法。西西从来不与女生玩,她讨厌跳格子、皮筋、踢球、踢毽子,她说那些游戏实在可笑。她还最看不得女孩子穿新衣裳,她喜欢旧衣服,过年时也是一身旧。

那年暑假的第一天我便和西西吵了一架。当我和父亲母亲从田里回到家中的时候,西西正躺在院子中晒太阳。母亲以为她已经把土豆粉磨出来了,所以便问她土豆粉的颜色白不白。这时西西呼地从院子中坐起来,像打雷一样地冲母亲吼:"放假的第一天就一定要我干活,我所有的假期都在干活,干了好几年了,还在干,干到什么时候才会完?你们一走,我就像小母牛一样地撅着屁股掰土豆芽子,洗土豆,土豆皮皱巴得不成样子,那些泥藏在里面像生了锈一样怎么也弄不出来,擦也不好擦,土豆已经软了,老要擦着我的手,我为什么要干这些!"西西气得四仰八叉地重新倒在地上,看上去实在像一条癞皮狗。为了报复她的傲慢和她对母亲不恭敬的态度,我当着西西的面把给她采的几棵水灵灵的酸浆扔进猪圈里了。这一举动大大地惹怒了西西,她跳起来和我扭打在一起,用最下流的词骂我,然后把我的胳膊狠狠地咬了一口,最后她大声地骂着:"紫色的麦穗!紫色的麦穗!"就一拐一拐地出了院子,她似乎是准备出走了。

母亲对着西西远去的背影暗自垂泪。我们并不是一个富裕的家庭，所以母亲常常教导我和西西要勤劳一些。我自幼也讨厌劳动，但是我从来没有像西西那样过分到那种地步。母亲的泪水常常使我觉得自己应该更多地干一些活儿才能安慰她。我是个男孩子，我不能像西西那样惹妈妈伤心，不然妈妈怎么过日子呢？

西西那天在外面游荡了大半天才回来。她回来时显得疲惫而又饥饿，头发依旧像杂草一样，脸上到处是泥巴，鬼知道她去哪里了。她回来后没有向母亲道歉就去找食物来吃。那一刻我觉得母亲养下西西就是罪孽深重、不可饶恕的，她得背着西西这个包袱累兮兮地操劳下去。我为妈妈难过，而父亲却从来不在对待西西的问题上说一句公道话，这使我觉得父亲残忍和不近情理，使我相信他一定是在半夜三更我们都睡熟的时候威胁过妈妈。妈妈那种永远的温和之气大概就是那种威胁的直接结果。这样一想，便觉得家是越来越让人不明白、越来越让人心惊胆战了。

西西吃过饭后像得了厌食症的人一样虚弱地坐在一只小板凳上。她把凉鞋脱了，将一双黑黑的脚丫摆在地上，就像她眼巴巴地看别人吃好的食物一样很专注地盯着她自己的那双脚。我走到西西身边，想动员她去向母亲认个错，否则母亲满脸的凄怨神色实在太令人不安了。西西见我站在她身边，便懒洋洋地问我："麦穗，人为什么要长五个脚指头，为什么不长九个或者八个？"

"我怎么知道。"我说，"你应该向妈妈承认你今天做错了。"

"为什么非要说我错了呢？麦穗，看在同班同学的面子上，你替我把那些土豆抬来，我现在想磨粉。你快一点。"

西西的行动其实就是悔过的表现。我非常乐意地为她将土豆筐抬来，她坐在地上用一把铁擦子小心翼翼地开始磨粉。天色越来越昏暗，我们由院子转移到屋里，可西西仍旧坐在院子中摸着黑磨粉，母亲和我喊她多次她都不答应。后来还是父亲说外面露水太重，会使她长大害腰疼毛病的，西西才慢腾腾地转回屋里，回到房屋后她坚持把剩余的土豆全都磨完了。昏黄的灯光下，西西的脸蛋看上去有一种生铁的光泽，西西好像一下子长大了几岁。只是在那一时刻我意识到西西那种耐人寻味的美丽。西西磨完土豆后收拾利索了铁盆和擦子等用具，然后很懂事地洗净双手，把窗帘给放了下来，最后她走到我身边低低地叹口气说："麦穗，我将来想学画画。"

"可我们家买不起那么贵的颜料的。"

"可能有人会为我买的。"她说。

"谁呢？谁会那样冒傻气呢？"

"当然有人。"

"你别胡思乱想了，你的算术和语文都比图画好，你想学画画最没出息了！"

"可我得学习画画了。"西西垂下眼睑，她的睫毛在柔和的灯下显得格外生动和清晰，她郑重其事地说，"我爱画画，图画太美了，麦穗你从来没有见过那么美的画。我今天太累了，我浑身都在疼，我的胸和腿都疼得厉害。"西西说完就上炕睡觉去了。她走起路来有些晃，与平日的姿态有所不同，这使我怀疑西西是生病了。她挨到枕头后很快就睡着了，她的枕下放着那把红色的小刀。

## 六

　　离我们家不太远的地方，也就是靠近水井的地方，住着我的好朋友小福子一家人。他们家四代同堂。小福子有太爷、爷爷和父亲，还有奶奶和妈妈以及三个姐姐。小福子的大姐姐十六岁刚过就嫁人了，小福子的二姐因为太笨上了四年级就辍学在家务农，而小福子的三姐却和小福子一样仍然在校读书。我和小福子同班，他比我学习成绩好。西西来我们班之前，他的学业总是名列前茅。西西取代了他的位置我们以为他会恼火，至少会对西西不太恭敬，可是他却出奇地佩服西西。小福子个子极矮，瘦，眼睛很小，整个人呈现出一种营养不良的症状。他性情温和，从来不与人吵架，而且话极少，力气不大却喜欢干农活。母亲常常在我和西西面前夸小福子如何如何的好。

　　小福子喜欢中午饭之后到我们家来玩。他养着一条笨狗叫"虎子"，他每次来都带着它。西西每次瞥见小福子进门的时候就要刻薄地说："瘦狗带着胖狗来了，瞧他今天好像又挨饿了。"西西看不起小福子走路时无声无息的姿态。在西西眼中，男孩子的脚步声应该像决赛中的乒乓球声一样激烈、清脆和急促。所以西西常常拿着什么食物硬要小福子来吃，她认定小福子是饭量轻，所以才不长肉和力气，可小福子说他每顿吃得并不比别人少，兴许是他肚子里长虫子了，他晚上总觉肚饿。

　　我和小福子在夏天的正午喜欢坐在窗下的墙根那儿晒太阳，反正我们是男孩子，不怕太阳光的毒辣，母亲说男孩子越黑越健康。我们俩在一起聊天的话题一点也不丰富，除了讲考试中的作弊，就是讲各自最近希望能得到什么东西。有时候我们也谈谈父母的事情和老师皮鞋的样式。间或也有谈论西西的时候，小福子总是说将来西西会有大出息的，比方说她可能成为驾驶员或者是画家。西西如果这个时候偷听到了我们谈论她的话，就会很不高兴地把一盆凉水朝我们这儿泼来，并且嘟囔着说："你们连自己的事都管不好，却老要为别人操心，操心不怕烂肺吗？"

我们谁都拿西西没办法，我听人说西西长大了大概可以给一万个人做老婆，我想她前世可能是一匹未被驯服的、精力充沛的小马驹，她托生在人世上不知道该怎样折腾呢。

那一年的暑假就要完蛋的时候，小福子的太爷爷死了。母亲像一只大蝙蝠一样又拉着她身上紫色的披肩与父亲一同去小福子家办丧事去了。我扯着西西也去小福子家了。每当有丧事来临的时候西西总是显得很乖。西西怕见死人，她太爱活着了。站在小福子太爷爷的棺材前面时，西西总是死死地捏着我的手。她的手心潮乎乎的，她肯定害怕得要承受不了了。当西西看见小福子的一大家子人哭天抹泪满身挂孝地进进出出时，她的嘴唇就哆哆嗦嗦的像母鸡下完蛋站在鸡窝旁打咯的姿态。小福子穿着一件白麻布的长袍，一直拖到鞋跟处，小福子的头上还戴着一个桶形的白帽子。他跪在棺材前用一个大瓦盆来烧纸钱，纸灰热乎乎地朝我和西西的身上飞来，西西的头发里夹着不少纸灰。西西怯怯地问我："麦穗，小福子会不会被他太爷的鬼魂给抓走？"

我告诉西西不会的。

"那么，他太爷爷是去哪里了呢？"西西几乎要哭了。

"也许又去当长工去了，他过去给地主干过活儿。"我说。

"那么，他也要吃糠咽菜了？"

"那我可不知道。那只有他自己知道。"我觉得非常茫然。

如果是别人家出了丧事而不是小福子家，那么我在看人办葬礼时就完全是在看热闹。我们一群男孩子喜欢聚在一起听出殡时女人的哭声。哪个女人力气大你可以从她的哭声中听出来。哭声各种各样，有半哭不哭的，那时候这个人的脸就呈现出一副苦相；也有哭得抽搐的，这样的人看起来仿佛要跟着死者去一样；还有哭得惊天动地的，仿佛轰轰隆隆震响的雷声一样。我们无法猜测哭声里包括着多少的真诚和爱意以及悲凉，但哭声总让人觉得生活里又有许多东西被撕裂了，又有许多新东西生出来了。葬礼之后一个熟悉的人的身影就从某一条路上神秘地消失了，也许只有夜游者才会在光天化日之下呓语他又见到了死者，但死去的人是永久地走了。这个道理我和西西是渐渐明白起来的。我们学会了在看了葬礼后回家来撮一锹灰，把灰撒在门槛那儿，使幽灵无法进来，我们害怕死去的人再活过来。所以西西去看葬礼完全是因为她觉得一个人在家还不如站在死者面前安全。

我很心疼地看着小福子，我不知道能帮他什么忙。他管烧纸，可我不能帮他，因为他在尽他的孝心。青白的日头下小福子的脸看上去十分苍白，他的嘴唇也起了皮，这使他的嘴唇看上去显得十分破烂，我想他一定是伤心透了。西西大概也为小福子的形容所动，所以她非常小心地凑到小福子面前，问他是否要晕倒了。小福子闷声闷气地说没事，可他的声音听起来像焦煳味一样让人无法忍受。

"那么，你一定非常难过了？"西西说。

"那还用说，他是我太爷爷，他搂过我。最让人伤心的还是他答应过冬天给我修补鸟笼的，现在他修不成了，可鸟笼都破着。"

"你是不是很想哭？"西西万分同情地说。

"我都哭了好几次了，我还要留着点力气，不然出殡时我就哭不出声来了，那样他们会责备我的。"小福子对着瓦盆中那团黑乎乎的纸灰叹了口气。

终于到了停尸第三天的时候了，为小福子太爷爷出殡的日期也就到了。许多的人都来到了小福子家，有的倚着障子，有的靠着桦子垛，还有的索性站在仓棚顶上。站在仓棚顶上的多是如我一样年龄的孩子，他们怕高潮时大人们的身体会遮挡了他们的视线。小福子太爷爷的灵柩高起时，棺材下面就唰地荡开一片红殷殷的哭声，其中尤其以小福子他妈妈的哭声最明显。小福子的爷爷，那个已经满七十岁的古稀老人正颤颤巍巍地为比他更古稀的人、他死去的爹摔丧盆子。西西在此之前就担心他摔不碎这盆子，鬼魂会完整地附在谁的身上，所以她的胳膊上早就挂着一个红布条来避邪用了，而且其他人家的许多大人都为他们孩子的胳膊拴上了红布，看来大家都认为这个老人的力气已经不中用了。但是，小福子的爷爷却在刹那间把瓦盆摔得稀烂碎，仿佛他是攒了一生的力气等待着用在这个时刻的。我被感动得流了泪，西西也流了泪，我们都同情小福子家的不幸。

葬礼结束的当天晚上是个非常晴朗的夏夜。天上布满繁星，我和小福子站在星夜下说话。再过两天，我们的暑假就该结束了。九月快要到来了，这个夏天的尾巴看来也就要一点一点地消去了。我们已经把暑期作业准备完毕，开学后我们将升入新的年级。父母的期望将随着新学年我们识更多的字而开始弥漫。我们将会一天天长大吗？我们将会长得像天一样高吗？田里的庄稼已经渐渐黄熟了，麦穗在沙啦啦地抽穗，麦粒紧紧地咬成一串，密密实实得像一串珠子，沉甸甸的。风凉的时候，镰刀就该砍它们的腰肢了。

那天晚上，父亲和母亲神色一直不悦。父亲洗脚时把盆里的水溅得四处都是，而且在他洗完脚后居然把剩余的水一脚踢翻，水流了满地。母亲满面愠色，她的披肩在灯下显得极其黯淡，她的肩上就好像落着一片灰色的阴影，没有任何绚丽之处。家里看不出一点和气，而西西却直至深夜也不归来，西西好像有什么事在瞒着我们。看来只有星星知道西西的心事了。我想着开学的许多事情，然后就沉沉地睡去了。

# 七

西西坐在教师办公室走廊的阴凉处叫惠雁给她捉头发里的虱子。这是开学后的第三天，是下午上体育课的时间，我正经过这条走廊去音体美办公室给同学们领足球玩。当我看见西西的头埋在惠雁怀里被惠雁捉虱子的时候，我不禁觉得受到了莫大的侮辱，周身奇痒起来。我走上前踢了西西的屁股，我命令她："你别在这儿丢人现眼了，谁都知道你身上虱子多，你用不着抓，用不着害臊！"

"可我也用不着你替我害臊！"西西像弹簧一样"砰"地站了

起来，冲着我叫道，"你身上也有虱子可你不好意思抓，你半夜挠脊梁的声音老是没完没了，你的脊背都被挠得快开花了你以为我不知道？还有，妈妈在用烫水洗衣服的时候你老是把小背心和裤衩往里扔，你是想把虱子都烫死，而却不知道捉一捉！反正我痒了我就叫人捉，我爱听掐虱子的声音！"西西说完还给我一脚，她也把脚踢在我的屁股上。

我认为西西简直无耻透了，她的确是不可救药了。她不上体育课和音乐课，她说她最恶心的事就是听人唱歌，那比她听见乌鸦在清晨的树梢叫还让人难受。我觉得是该认真地和妈妈谈谈西西的事情的时候了，否则，西西也许会闯下什么大祸。小福子就曾说过西西肯定要因为她的性格惹出什么麻烦。

母亲在洗净了晚餐的炊具之后准备去黄瓜地把黄瓜种收回来。趁着天色还不晚再多做一分劳动已经成为她的一种习惯了。这个时候我的父亲已经跷着二郎腿仰在热炕头上美滋滋地抽烟想女人了。他喜欢在此种时候唱那些肉麻的小曲，那些歌词听了令人心惊肉跳。有一次西西听到父亲唱到"三摸摸到囟心口，一双双白馍馋得断了奴性命"时，西西冷不防地插言道："什么馍可以馋死人？"父亲听了西西的话后有些不自在地吞吐了一下舌头，紧着鼻子对西西说："今后不能再问这样的话。"现在，父亲又不知天高地厚地摆起了做老太爷的架势，而西西撂了饭碗后又不知去哪里撒野去了，受罪的却好像只有妈妈。我跟在母亲身后，随着她朝黄瓜地里走，我一边走一边替母亲拉了拉她的披肩。我已经长得快接近披肩所处的位置了。这时候天边飞着许多紫色的晚霞，这使她身上的披肩看上去很有光泽。微微的紫气在空中回旋，一点声音都没有，但光彩却像大雾一样蒸腾。我想起了许多让人伤心的事情。我对妈妈说:"我要和你讲讲西西。"

"西西她做错了什么?"母亲略微吃惊了一下。

"她竟然坐在老师办公室的走廊里叫别人捉她头发里的虱子。"

"都是妈妈不好,西西的头发我老也顾不上收拾一下,早该篦篦了,唉,把她的头发再剪短一些也许会好一点。"

"可是她的头发再短就真的像男孩子了,那还不如给她剃个光头呢,我真是烦透了西西。"

"麦穗你不要这样说西西,她是你妹妹,她做错了你就让着点。"

"可她从来不认为她是错的。"

"她年龄还太小,她大了就会懂事的,西西是个聪明的孩子。"

"妈妈,那你为什么不抽空说说西西呢?她或许会听你的。"

母亲垂立在黄昏之下的菜园中,她的背后是灰蒙蒙的空气和许多豆角叶覆盖着的枝蔓,黄瓜地就在豆角地的另一侧,已经不再结果,叶蔓黄瘦,像是经了霜,偶尔可见一两朵蔫蔫的淡黄色的花萼像泪珠一样惹人怜爱地挂在里面。母亲的表情看上去十分平静,她的唇角之处显得格外柔和,散发着一种温存的如鹅卵石一样的光辉,她的满头乌发像山谷深处的水流一样颜色浓重而光彩凝聚。她的姿态看起来像受伤的绵羊。"女孩子难得有西西这样的好运气可以随心所欲,就让她这样下去吧。"母亲把她的意图透露给我。我明白我所有的努力都是白费,我在说西西不是的时候本身就犯了一个严重的错误。我极其失望,径自走出菜地,黄昏中我把步子拖得很重很重。

语文老师向我们布置了作文,是命题的,名为《难忘的一天》。

为了考查我们的能力，老师让我们当堂写出来。我望着这题目一开始兴奋了好久，想起了好几件让人难忘的事。比如走了十几里的山路看了场电影，比如有一天我发现野鸭子在水面上咕嘎嘎地飞，比如说我五岁的那年春节因为磕头而得了不少的压岁钱……回忆同时间一样不知不觉地从我脑际穿过。当我有所醒悟的时候，才发现许多同学正在奋笔疾书，课堂里响着一片参差不齐的笔尖行走在纸页上的声音。我知道大概半堂课就要过去了，而我却只字未写，心中不免又急又慌。正在这时，我听见西西响亮地抽了一下鼻涕，我知道这是她要讲话的信号。果然她没有举手就开始用很大的嗓门问老师："不会写的字用拼音字母代替可以吗？"

"当然可以，只是拼音字母也要占一格。"老师回答了西西的问话，西西像潜水员沉入海底一样地又潜心写作文了，这时老师又接着说了一句，"谁有问题要先举手，说话时声音不要太大，以免影响其他人。"

要是以往，西西肯定会听到这样的话并且也会做出反应的，但那天她浑然不觉，她沉浸在文字中了，我不知道她在写什么事，但我隐隐觉得西西这次又要出风头了。

临近下课的时候我已经有些头晕目眩了，而且在运笔时不停地把会写的字也写错。我结结巴巴地向老师打听时间，当我知道只剩下最后三分钟时，我迅速地把一个并未完成的自然段画上句号，而且自作聪明地另起一段写上："总之这是我一生中最难忘的一天。难忘的一天啊，总让我时时忆起。"我对自己略带抒情的结尾表示非常满意。下课后我问小福子他写的是什么内容。他回答说他写的是他太爷爷出葬的那一天。而惠雁则写了她爸爸妈妈吵架的事。我呢，我告诉他们我写了暑假的第一天同父亲下田的事，但非常遗憾时间不充裕，我没能把故事完成。小福子说没有完成的故事恐怕要扣一半的分数。我听了额上直冒虚汗，可嘴上却仍然说："那有什么，我也不指望那几个分吃饭。"但我极其害怕我的作文成绩不及格，不然，我回家怎么向父母做交代呢？我还有什么脸再捧那个饭碗？所以我心中暗暗诅咒西西可千万不要再考第一了。

# 八

语文老师没有背着她的孩子来家访，我便知道这次家访肯定事关重大，因为平时她家访总是要在肩上用背带背着她的男孩子，她刚当了一年多的妈妈。她这次家访不但没背孩子，而且是下午时就来了，她的家访时间以往都安排在晚上。

语文老师把妈妈叫到院子中，她们坐在小板凳上窃窃私语。当时我已经上完下午的两节自习课，我回到了家帮母亲晒豆角丝。我坐在仓棚上，油毡纸暖洋洋的，可我的心却在一阵一阵地发冷。大概我的作文成绩没有及格吧？从老师和母亲的神色上我看出，她们肯定在说不好的事情。母亲都有些支持不住了，她用手抵着心口窝，她那里一定在疼。我当时真想一下子跳到地上告诉妈妈我以后一定要好好学习，只求她别这么难过就是了。我这样想着，就顺着仓棚边竖着的梯子走下来，我刚要朝语文老师和母亲那里走去，这时候我发现父亲回来了。父亲从大门进来，把门摔得很响，他干活时总是显得怒气冲天。父亲的肩上斜斜地背着一捆猪草，脸上泛着一种微紫色的油光，样子显得狼狈不堪。他见了老师之后大声地问："是不是麦穗闯祸了？"接着，他就把猪草扔到草垛那里，接着说："正好老师在这儿，能不能给麦穗批准几天假，让他去麦地赶雀儿，雀儿把麦子糟蹋个够了，再不赶雀儿，我们就得喝西北风去了！"父亲说完之后，母亲突然抽抽搭搭地哭了。母亲用她的披肩来擦泪水，泪水使披肩的紫色显得十分鲜艳。我不好马上走近，所以仍旧站在原处。我仔细打量老师，发现她手里正拿着一个本子，我认出那是西西的作文本，外面不带本壳，纸页全都飞卷着。看来是西西的作文没有写成功吧。我的心里真是又高兴又难过。西西也有输的时候，看她还敢耀武扬威吗？但是又想，西西肯定会为此伤心一顿的，我想可能是她把拼音字母用多了，引起了老师的反感吧？我这样一想，就有勇气走到他们面前了。

老师见我过去后，就给母亲使了个眼色，母亲的哭声马上就止住了。父亲有些不解地问："你掉什么猫尿，麦穗又没闯祸。"

"是西西。"母亲黯淡地回答，声音显得有些寒冷和遥远。

"西西？西西？西西学习不如从前好了吗？我早就说过，女孩子的脑筋是越用越笨，怎么样，应验了吧？"倘若西西真是学习不如从前好了，父亲那样子似乎还带着几分喜悦呢！这真叫人不可思议，就因为他判断正确吗？他不认为他是我们的父亲不该有这样的态度吗？我当时心里十分憎恨他。

母亲看见我之后吩咐我去把西西找回来，她说有重要的事情要说。当我走出大门口后，母亲又把我唤住，她低声地告诉我说如果在西西去玩的地方也见不到她的影子，就去图画老师那里找。母亲说完后又嘱咐我别把在哪里找到西西的事告诉别人。

我在学校操场上找回了西西。她很不情愿地随我回家，她显得心事重重，仿佛她知道有什么事情要降临了一样。她回到家后父亲、母亲以及语文老师都像贼一样地溜进屋里了，他们只把我一人关在门外，我觉得有点委屈。我怕父亲毒打西西，虽然在此之前他对西西一贯友好，但这次看来是危险了，西西似乎很难逃脱皮肉之苦。不久，我听见屋里传来母亲的责问声，中间还夹杂着父亲的鞭打声，父亲大概使用的是皮带，但我听不到西西的哭声和呼救声，西西是否已经被打死了？我恐惧万分，拼命地敲门，这时我忽然听到西西的怒吼："我写的都是假话，是胡编的，我不能不去上学！"我知道西西还活着，我趴在门缝上哭了，可怜的西西！

很久门才打开，语文老师从里面先走了出来，她的手上还拿着西西的作文本。我忽然很讨厌老师的这种做法，她家访的目的就是告状和看她的学生挨打吗？不知她要拿西西这个惹是生非的作文本又去哪里，我趁她不备，忽地抢过她手中的作文本飞快地跑出大门，一直跑到水井边，然后沿着水井右边的小路蹿进一个人家的厕所。我在厕所里把西西的作文读完了，我当时想，我真要杀了图画老师这个王八羔子！我隐隐预感到这篇文章将会对西西不利，所以就把它扔进粪池里，用一根根一肯把它戳到深处，我想，让它沤成粪吧，谁也别想再用这个本子教训人了！

我回到家里，发现语文老师正肿着脸在那儿等我。我知道她在等那个本子，我告诉她本子已经被我撕烂了，纸片全都飞上天了，你永远也别想得到它了。老师冷冷地笑着说："麦穗，那你也永远别想进学校的大门了。"

"学校又不是你开的，管得着吗？"我这样无所顾忌地顶撞她，她气得简直要晕过去了。父亲在此时及时地在我身上抡了一皮带说："你还不住嘴，反了天了，还敢犟嘴老子就宰了你喝酒！"老师便就着这个台阶走出我家大门。

老师走后，父亲对母亲说："你用手试试她，看她说的是不是真话。"说毕，他踢了西西一脚说："还不快脱下你的裤子！"

西西那时已经满脸青紫了，她的额头被擦伤了皮，流出红红的血痕，像花瓣一样。母亲在检查西西身体的时候父亲把我叫到外面，问我："麦穗，你真的把本子撕烂了？"

"真的。"我说。

"好样的！"父亲拍着我的肩膀说，"别怕，老师不敢开除你！"

我和父亲说完话后，母亲流着泪从里屋出来了。她见了父亲后微微地肯定地点了一下头，然后又回屋哭去了。那天晚上西西没有吃饭。

## 九

西西一大早就被父亲喊醒起床煮粥。西西站在锅台那里，我不时听见她把什么炊具弄出响声。她不是故意弄出声响，她实在是因为笨手笨脚的原因。这个时辰天已经微露晨色了。上早自习的钟声还要许久之后才会敲响。外面几乎没有什么特别大的声音。这个时候人的睡眠像狗的舌头一样贪馋，我迷恋着被窝的暖意，久久不肯出来。

自从家中发生了那件非同小可的事情之后，父亲总是要指挥西西做这做那，西西偶尔也顶几句嘴，但她最终还是驯服了。父亲说了，如果西西不好好干活，她就永远别想再跨进学校的大门。西西仍然那么喜欢学校，学习成绩又老是那么好。只是西西比以前显得瘦了，原来我一直以为西西没长颧骨，这次西西的两个颧骨已经清晰地显露出来了。

语文老师并没有开除我和西西，这大概不全因为我把西西的作文本给捣毁的缘故，还因为父亲在这期间把半袋白面送到了老师家，那些面足够蒸好几锅白面馒头的。想到这里我就觉得胃里空落落的。

西西站在锅台那里想些什么呢？她困吗？她的手被水蒸气熏得通红通红的，一定是这样吧。母亲自从西西出了事后就一直神不守舍，这种神不守舍使她失去了昔日的温情而且略显懒惰，她也似乎认为西西做早饭是理所当然的事吧，她在早晨睡得很熟，我好像听见了母亲香甜的鼾声。我这样想了一会儿意识就渐渐变得清醒起来，我消去了睡意，打算起来去看看西西了。

西西如我想象的那样站在锅台那儿煮粥。她还没来得及梳头，眼睛肿得像烂柿子一样，她火气旺，睡眠又不充足，所以眼睛也就没有昔日看上去那么生动了。西西见我走向她，就把锅盖举起来对我诉苦："麦穗，你看看小米粥多么难煮，开锅时我稍不注意就有一半的米粒潜到锅盖上了。"

"这没什么大关系，你以后要多留神。"我这样说的时候已经闻到了一股浓浓的碱味，所以我对西西说，"你又把碱放多了，妈妈说过，煮一锅小米粥只需要放指甲盖那么小块的碱。"

"我看不清，麦穗，我只从碱罐中捏了一小把，并没有多少哇。

那时候蒸汽太多，我的眼睛也不太好使。"

我非常同情西西的遭遇，我深刻地责备自己，我打算以后起早帮西西煮粥，至少，可以帮助她抱抱柴火、生一生火。西西似乎察觉到了我想要说什么，所以她先跟我说："我已经能独自做饭了，用不着别人帮忙也行了。"

我发现粥已经基本煮好了，所以就帮西西把火撤了一些。然后我们把锅盖加好，走到院子中去洗脸。外面的风有些凉，虽然并未下霜，可空气中却有一种霜的味道。我先洗了脸，然后把水倒了，又为西西换上了干净水。西西一边洗脸，腿一边发抖，她显得格外疲惫，大概西西生了重病吧。但西西还是坚持把脸洗完了，西西洗完脸后坐在小板凳上梳头。天空还不十分明朗，西西的脸看上去十分灰暗，我想起了一本小人书中画的捡煤渣的小姑娘，西西现在十分像那个小女孩。那是个无爹无娘的孩子，她整天跟着一个捡破烂的老头流浪。

西西很快把头梳好了。她拿着半截的化学梳子问我："你说为什么用它梳头就吱啦啦的有响声？"

"化学梳子带电。"我说。

"那你知道为什么你叫'麦穗'吗？"

"知道。妈妈说生我的那一年正是秋天，父亲和她都在收麦子，她在那里把我生下的。她说她醒后发现的第一件东西就是麦穗，所以我就有了这个名字。"

"这怪有意思的。那我叫'西西'又是怎么回事呢？"

"妈妈说你的名字是爸爸给取的。妈妈生你的那年是个荒年，许多地方都大旱，粮食打不上来，父亲就对妈妈说'让这丫头片子去喝西北风吧'。所以爸爸就管你叫'西西'。"

西西听着就笑了起来，她好久不笑了，所以对她的笑我有些陌生。她弯着腰，用那半截梳子挠着地嘻嘻地笑，笑得肩膀一抖一抖的，她说："难怪你命好我命苦，原来你生在丰年我生在灾年。"

西西说完笑完后从板凳上直起腰，并且慢腾腾地站起来打着哈欠说："该叫他们起来喝稀粥了，谁想不活了就灌满满一锅粥把肚皮撑破。"听着西西咬牙切齿地发狠，我心底愈加憎恨那个图画老师。我已经暗中使坏为难过他几次了，现在，我应该再给他点厉害瞧瞧。

当天上午的第四节课就是图画课。我在课间操时已经备好了弹弓和石子，我使用弹弓的准确程度是班级男生中最优秀的。当图画老师走进教室的时候，我的怒火就像泉水那样一点一点地流出来了，我被怒火所笼罩，手直发痒。图画老师是上海人，知识青年，戴一副浅柠檬色的窄边眼镜，脸色细嫩白净，连手指也都是柔软修长的，显现出鲜明的城市人的味道。我十分厌烦他身上散发出的那种气息。我想他的肠子一定很细，那里面只能消化馒头、挂面、奶糖，而无法溶解高粱、大豆、小米、玉米楂这一类的粗粮，这种人最终只能成为废物点心。

他今天教我们画水果。他转过身面向黑板用几个图钉把他的画钉在上面。画面上是一张桌子，桌子上铺着奶白色的台布，台布上放着一个椭圆形的黄色果盘，红色的苹果和黄色的香蕉以及紫色的葡萄鲜浓欲滴地厚墩墩地挤在果盘里。奇妙的是葡萄已经从果盘里垂吊出来，这种旁逸斜出的感觉使整个画面焕然生辉。我当时几乎忘了我的任务，我被那幅画感动了。当他转过身来，我又面对他的眼镜的时候，我才想起了石子和弹弓。讨厌的果盘中的水果，差点误了我的大事。我重整旗鼓，调整情绪，等着机会来临。

老师在讲课时并不特别注视西西，老师的眼神显得十分散漫，你可以认为他在看任何一位同学，这让我想起他的狡猾而不是羞涩。而西西却单纯之极，她的眼睛一眨不眨地盯着那个混蛋，神色像修女一样的虔诚。也许西西在看他的下巴或者是耳朵，西西的表情使我十分伤心。当他又转过身去用粉笔在黑板上画比例图时，我抓住这良好的战机，迅速地在他的后脑勺那儿栽了一颗石子。石子发出并不清脆的回声，像弹在熟透了的西瓜上一样。老师"哎哟"地惨叫一声，然后用手捂住了伤处，他的手指间渗出血来。这一致命的打击使我的报复心理美美地得到了满足。老师受伤后，大家都回过头来用眼睛扫我，他们的眼神都好像在肯定这是我干的。我装作若无其事的样子，对这些探头探脑的同学说："瞅什么？瞅什么？！又不是我干的。"我的话说完后，同学们就没有再敢朝我这儿望的。我仿佛是大海上的船长，那一刻我心里舒服极了。

然而老师并没有就此停课，他用一块黄手绢捂着脑勺坚持把课上完。由于这种原因，我在选择颜色上又气了一通他，我把葡萄画成眼珠的形状，然后又为它们涂上红色，这使那一串葡萄看上去充满了愤怒。

放学回家的路上，西西从我身后绕到前面，满面痛苦地对我说："麦穗，你不该这么下流。"

"怎么了？我并没有做什么！"

"别赖账了，麦穗，我知道这是你干的，你以后别这么干了。"

"我是为了你！"

"我不用你们管我，我要自己管自己，你以后再敢打他我就打你。"

"没良心！"我破口大骂起来，怨气重新袭来，我指着天空对西西赌咒，"麦穗永远不再管西西，西西有事也永远别想找麦穗。"我说完，西西就哭了。她一边哭一边朝家里跑。等我回到家时，她已经擦净了眼泪在帮母亲烧火。

## 十

秋天的雨水是最能败坏农民收获的情绪的。几天来雨水绵延不绝，山上的树叶明明显显地稀疏了。雨水使我觉得寒冷，使我伤感一个季度又要过去了。家里的生活仍然是老样子，母亲的心事一天比一天沉重。

父亲是不管粮食和收成的问题了，在雨天的日子中他因偷闲而显得情绪饱满。我真不明白母亲当年是怎样迁就于他的，我很少喜欢父亲。

房屋开始漏雨了。雨水先从厨房那儿漏进来，西西用一只白铁盆去接雨水，以免它落到地上。白铁盆漏雨的声音忽而急促忽而舒缓，从这儿你可以明白外面的雨是一会儿下得大一会儿又下得小，那种单调的声音听起来实在凄凉。雨天的时候我们吃的晚饭大都是苞米面粥和炒土豆丝，这种饭既廉价又简单，是为休息时准备的。西西在厨房里煮苞米面粥，我还听见她在用菜刀切土豆丝，声音紊乱不堪。她常常切了自己的手指，她的刀功还不熟练。我无法帮助她做些什么。雨的凉气总是从脚丫处开始升起，然后慢慢走到脑门，这个时候人的情绪就格外低落。

父亲不允许我们开灯，因为开灯我们又不学习，白白浪费了电。在吃晚饭时他仍不许开灯，他说吃饭又吃不进鼻子眼里。所以我们一家四口人各自端着一碗粥热气腾腾地喝，喝得嗞嗞咕咕的，声音非常的难听。西西把土豆丝炒得像咸菜一样不敢让人多夹，所以两盘子的菜只吃了一盘。吃完饭后我觉得很累，可雨却仍旧在下。我很想去看看小福子，可身子却觉得发软。我的肚子圆圆地发胀，满肚子都盛着稀粥糊糊，你可以想见一个晚上又该撒几泡尿了。

睡房也开始漏雨了。雨水把纸棚给舔碎了，雨水顺着纸洞一点一点地落到炕上。我们赶紧把炕上的被褥转移到地上的柜顶上，而柜顶也星星点点地漏雨了，所以我们又只好把被褥抱到窗台那儿。如果那里也将漏雨，那么我们生活在房屋中与生活在外面又有什么不同呢？一座房屋持续不断地漏雨只能说明这个人家的主人多么的懒惰。夏天时，包括融雪的春季，母亲都曾多次提醒父亲把房顶上的油毡纸重新铺一铺，可父亲总把这种事当作耳旁风，这下遭殃的却是全家。

母亲把灯拉亮了，我们可以清晰地看到整个纸棚正在多方漏雨，我真担心这样持续下去整个房屋将会被雨水给泡起来，那时房屋就会成为船了。我们的房屋将会漂到何方？是否全世界都会有这样的水灾？

我披上雨衣，准备上房去用草遮遮漏洞。不管怎么说，我还是个男孩子，上房爬树我是内行。我把一些小块的塑料布卷在一起，然后又把一些生锈的弯曲的铁钉压直,我准备去上房干活了,这时候父亲把我喝住了:"麦穗,别出去,你想修房吗?!"

"是的。"西西在旁边替我回答。

"厌世的鬼,没问你哪,一边待着去!"父亲朝西西的肩上打了一拳,然后对我说,"我还没死,这个家的主还得我做,我想这样你们就别那样,我是个说一不二的!现在,老子命令你把雨衣脱了!"

我没有理他,我拉开屋门,雨声嘹亮像运动会中的哨音。黑夜中雨水变成了野兽,它们无所顾忌地扭曲和嗥叫。我走进雨中。我去仓棚那儿寻找梯子,打算把梯子架在房檐下以便我能顺利地爬到顶端。可是我的眼睛在雨中什么都无法看清,这时候我感觉到背后有人在拉我,那是西西。我听见她在大声喊:"麦穗,你别上房,上面太滑,危险!"

"滚蛋!"我一脚踢开西西,西西倒在雨中,许久没有起来。后来我终于摸到了梯子,我把它搬到屋檐下,飞快地爬上房顶。我将腰间系着的绳子的两端拴在烟囱上,以备不测,然后我开始像寻找珍宝一样地找漏洞,这时候雨丝变细了,我的动作才不至于那么困难。

一个小时过去了,由于赌气我的力气还没全部用完,可我能看到的漏洞已经基本补完了。我有些失落地把烟囱处的绳子解开,然后像蚂蚁一样地顺着房顶的坡度慢慢下滑,在接近屋檐的时候我及时有力地用双手抓住木橼,然后踩着梯子走了下来。我下来时才蓦然发现西西站在雨中等我,她没有披雨布,浑身上下湿淋淋的,我担心她会感冒发烧。我拉着她的手走回房屋。

果然房子不再漏雨了，母亲正忙忙碌碌地披着披肩把窗台的被褥朝炕上挪，父亲神情怡然地将接雨的盆子中的水攒到一个盆子中打算着倒出去。父亲见我进来后呵斥道："先别高兴得太早了，你在房顶扑通扑通地乱踩，肯定是没坏的地方也被你搞碎了，这会子雨小，还看不大出来呢。"

我知道父亲的这番话是说给他自己听的，他要维护他的尊严，所以他不失时机地打击我。可我知道，雨再下得大一点也不要紧，至少在那个晚上我们能睡个安稳觉，而不至于像在野外那样露营。西西进了屋子后就坐在厨房里流泪，流完泪后她生起一把火来把剩下的苞米面粥热了一下，然后她盛了一碗递给我说："麦穗，你趁热喝下去吧，你一定是冻坏了。"

那天晚上我许久都睡不着觉，我浑身发烫，心也跳得极其快。我听见父母在不停地争吵，好像是因为秋收的事情。父亲说要先收萝卜和土豆，而母亲则坚持说要先割麦子，他们的争吵声听起来就像两只斗架的公鸡一样荒唐可笑。我想许多事情，并且也想长大的事情。我还想西西长大了能做些什么呢？西西会跟谁过日子呢？谁会娶西西呢？那个讨厌的图画老师我该怎样去对付他呢？

第二天我怎么努力也爬不出被窝。我分明是生病了。我起不来了，头很沉很沉。七点钟左右的时候，西西进来给我的额上放了一条凉毛巾，大约九点左右的时候母亲请来医生给我扎了一针。我自己知道这是得了重感冒了，舌头上还生了几粒针尖大小的白泡，分外的疼。母亲对我说不要上课去了，让西西去班主任那儿帮我请个假。

我生病的这天是个晴好的秋天的日子。透过窗户我能看见外面的许多景色都是亮堂堂的。我这个时候忽然热切地想念课堂中的琅琅的读书声,那是一种温存的怀念,我几乎要哭了,我这才明白原来我还是喜欢那个地方的。我的妹妹西西她每天都坐在我的前面,望见她的身影也让人觉得多么地亲切和踏实。我为什么不认为西西是个好人呢?我为什么要在大雨中把她推倒在地并且骂她呢?我想起这些忽然懊悔万分。

中午的时候我觉得病好多了,我可以半倚着墙壁和母亲说话了。母亲责怪我在昨天晚上不该冒雨上房,她说逞能总是会带来相反的结果。我觉得她的话缺乏温暖,所以我盼着西西早点回家。

西西真的回来了。她一进门就大声地喊:"哎——麦穗,你能起来了吗?"她的声音使我觉得西西这天情绪饱满,原来她是和小福子一起来的。小福子见了我之后没有任何问候的话却只是嘻嘻地笑,好像他的笑容就是问候似的。我说:"我现在觉得好多了,清早的时候最难受。"

"那还用说,你已经整整歇了一个上午了。"西西扭着屁股说,看西西的得意劲儿,她今天一定是遇着什么好事了。

"咱们班今天开始上地理课了,西西是课代表。"小福子告诉我。

"地理好听吗?"我问。

"真有意思,讲地球,大气环流。我告诉你吧,麦穗,我们不是生活在地上,我们是生活在一个大球上,这个球天天都在旋转,所以我们睡觉时也在转!小福子他太爷爷的坟也跟着转!"西西忘形地喋喋不休地兜售她刚学到的知识,西西永远也学不会谦虚。她的天性又在此时暴露无遗。

我留小福子在我家吃了午饭。午饭刚过,就听见大门口有女人的焦急的喊声:"小福子在这儿吗?"

母亲迎着那个女人的声音走去。这个女人是小福子他家的邻居,她见了小福子之后哭哭啼啼地说:"快回家看看你爸,他快没气了!"

小福子听了她的话后脸马上就白了,他愣了半晌,才哭咧咧地往家跑。我支撑着自己的身体在后面撵他,可他早已跑过转弯的地方了。秋天的晴朗使一切景色都隐现出明丽,为什么小福子家又要出事?他的太爷爷在暑假时刚死,才一个多月的时间,小福子他爸爸这个身强力壮的人又要不行了吗?我真替小福子难过,但愿他爸爸能够活下来。

我想我还是应该先回家告诉父亲让他去小福子家看看。我进门时发现母亲正抖抖索索地披着披肩朝外面走。父亲在母亲身边拧着她的胳膊恶狠狠地说:"你想去给他发丧吗?你别想去守他!"

"放开我!"母亲坚定地说。

"放开她!"我也说。

"你和你的妹妹西西是两个糊涂虫!"父亲松了母亲的手说,"滚吧,臭老娘儿们,别哭哑了嗓子!"

母亲便像蛇一样地弯弯曲曲地晃出房屋,她因为受惊步子有些慌张。

我有些不明白父亲自己为什么不去看看小福子他爸爸,而又不让妈妈去看。我对他说:"人都要死了,你还这么无情无义!"

"我幸灾乐祸!"父亲顺手抄起一只小板凳朝我砸来,"你管得了老子吗!"

我和西西像逃犯一样狼狈地窜出家门。西西扶着我,她一边回头看父亲是否追了上来一边对我说:"麦穗,妈妈可能和小福子他爸好过。"

"胡说八道。"

"你别不信,你看见妈妈刚才急成什么样子了吗?妈妈的脸都发青了,爸爸不让她出来时她的眼睛好像都要冒血了!"

"妈妈是爸爸的老婆,所有的人都知道这个事实。"我知道自己的话极其虚弱。我不希望家中再出现什么乱子,现在已经是一锅粥了,再添乱非要把人弄成傻子不可。

我和西西走到小福子家时,母亲正倚在木栅栏上哭泣。母亲的哭声使我明白西西说的话是事实,而且,小福子的爸爸看来已经咽气了,因为屋里的哭声十分强烈。西西捏着我的手指劝我:"你生病了体质弱,别进停尸间了,鬼魂会找上你的。"西西的话使我遍体生凉,看来小福子又要穿孝服了,我实在为他的命运悲哀。我感觉寒冷而且晕眩,秋日的太阳像水车一样地走哇摇哇的,总也走不到头。

## 十一

病了一场,人就突然有一种长大的感觉,好像是走了许久许久的路终于走到尽头了一样。小福子的爸爸是暴死,脑病,死时眼睛和鼻孔都在冒血。据说他死前曾经被小福子他爷爷给打了几巴掌,他生了一顿闷气。

小福子又从头到脚都披上了孝。小福子看起来像木偶人一样瘦弱单调。他用这身孝服在不久之前送走了他的太爷爷，如今他又穿着它来为他父亲吊孝。灵棚又一次在他家的院落像蘑菇一样生长起来，那种恐惧的景色使人肝肠欲碎。我、西西还有母亲一直在为小福子家帮忙办丧事。我由于病后初愈只能干一些轻活儿，而西西却可以帮忙做饭，母亲负责守灵。

棺材是请了木匠连夜打出来的，所以它看上去显得比较粗糙。我很难想象一个人永远合上眼睛一动不动地僵硬地躺在里面的情景。虫子和鸟的死亡都不可怕，大概是因为它们体积小的缘故；人的死亡却十分让人毛骨悚然，大概那是因为人的体积大吧，我是这样跟西西解释死亡的。而西西则认为人之所以害怕死人是因为大家都是人，她的话听起来有些难懂，大概这也不无道理吧。

母亲坐在棺材前静静地怀想什么，她的表情又恢复了温存，我感觉到一缕幽幽馨香从她的额际飘来。哭声在院落四周像春天的种子一样接二连三地发芽，人人的表情都那么阴冷，像雨天的气氛一样。空气由于刚刚降过一场大雨显得十分新鲜，一种说不出的感伤萦绕着我们的心灵。

入殓之前母亲为棺材除尘，她跳到棺材里面，我和西西当时紧张得以为她也要去死了。后来她从棺材出来后我们都不敢正视她的眼睛，我们觉得她已经成了一次鬼了。她的形象在我们眼前渐渐幻化成一条白色，而且这白色也渐渐地起了毛边，女鬼的影子袅袅地飞来。我和西西握着手，互相安慰着。我们希望母亲不要这样来吓唬我们，我们毕竟是她的孩子，平常又是比较听她话的。"知道吗，麦穗，妈妈不该跳进棺材里，为什么不叫别人去除尘？妈妈会倒霉的！"

葬礼结束之后母亲带着我和西西回家。我使劲地闻母亲身上的气味，我认定她还活着，所以心中就比较快慰。快要走到家门的时候西西忽然问母亲："妈妈你的披肩去哪里了？"

　　"丢了。"母亲轻轻地回答。

　　"丢在哪里了？"西西穷追不舍。

　　"忘了。"母亲淡淡地说。

　　"太可惜了，那么好看的披肩，我还想长大了向你要来呢。"西西显得非常伤心。

　　等到母亲先走进院子之后，西西把我拉到一边悄悄地说："我知道妈妈的披肩去哪里了，她没有把它弄丢。"西西狡黠地眨着眼睛，"她是把披肩放到小福子他爸爸的棺材里了，小福子他爸爸把妈妈的披肩给带走了。"

　　"真的？"

　　"那可不是嘛，妈妈跳进棺材除尘时肩上还有披肩，她出来后披肩就不见了，所以我们才觉得她白森森的吓人，因为她身上没有紫色了！"

　　"可你千万别告诉爸爸。"

　　"告诉了会怎样？"

　　"爸爸也许会杀了妈妈！"我脱口而出。

　　我们商量好了对策，然后双双走进院子。我看见爸爸正龇牙咧嘴地笑着拧妈妈的脸蛋，丑态百出，完全是无赖的样子。我想，说不定有一天母亲真的会成为他手中的敌人，他会在某一个深夜趁我和西西熟睡之时扼住妈妈的咽喉，那时他将成为罪犯。我总觉得这种想法有一天会可怕地成为事实。

小福子自从死了父亲后就更没有话说了。放学之后我常常见他带着虎子狗在园子里干活。霜已经下过两场，所以园中的豆角和倭瓜都被打蔫了，而山上的树叶却水灵灵地泛红了。红树叶被阳光耀得极其透明，像一只一只可爱的红手掌一样。我和西西已经穿上了毛衣，我们在夜间去园子中取尿罐的时候觉得十分寒冷。看来秋天的脑袋和身子都已经走过这个季节了，现在秋天只剩下了一截短短的尾巴。我和西西都不想留住这个尾巴，让它快快过去吧，这个季节不如意的事太多了。

母亲的披肩确是实在地消失了。披肩是否被小福子他爸爸带走了我还不敢十分肯定，我毕竟没有西西那么良好的判断能力和锐利的敏感。但披肩的消失却使家里失去了不少色彩，仿佛一朵紫褐色的云霞的消散一样让人怀恋。母亲的肩头因而显得光秃秃的，她的风采也因此锐减不少。父亲收完秋后情绪极其好，因为他可以暂时闲一段了。他乐颠颠地进了好几次城，给西西买过几只红色的有机玻璃扣子，也给母亲买了一些小手绢、发卡之类的东西，他只是从来不给我带礼物。我并不喜欢他给我带什么礼物，我讨厌他的做派。

父亲对母亲大献殷勤使我觉得他和母亲之间不存在任何危险了。我可以心平气和地上学和回家了。家里的房屋已经修缮过了，原先墙坯脱落之处又被补上了新的泥巴，这是过冬必需的准备工作。敞了好几个月的窗口这回要被封闭一个季节，母亲按照某种程序开始糊窗缝。我开始想念雪天和玻璃窗上的霜花。冬天的某一个日子中，我和西西都将长一岁。

我们每天都按时地背着书包去上学。学校里生起了火炉，靠近火炉的桌椅常常被烤得发烫,油漆味很引人注目地游荡在教室里。在上午第一节课的时候,教室里光线昏暗,因为太阳起得很晚。直到第二节课以后光线才渐渐明朗起来。我们一心一意地读书和做游戏,这种时候雪花已经来了,我知道冬天已经不再敲门了,冬天已经从门外进来了。我和小福子一起天天都在谈论捕鸟和长大的事情。有的日子中我也陪他去山上他太爷和他爸的坟地里去看看,尤其是下雪的日子,小福子总要去坟场给他们扫路,虽然他知道那条路并不会有人去走。

日子过得飞快飞快的。有一天小福子愁眉苦脸地告诉我,他妈妈向他发话了,让他小学一毕业就下地务农。他们家早已不是四世同堂之家,他应该学会挑家过日子了。我听了之后十分生气,我说:"你爸刚死她怎么就这么待你?"

"我妈从来都没有喜欢过我,她喜欢我那些姐姐。我也想好了,上完小学我就去队上干活,我数字算得好,可以帮着记个工分什么的。"

"那你妈妈为什么不改嫁?"我说。

"我爸爸死后还没过一百天呢。说不定一百天之后她就要走了。那时候我就得干活给我爷爷挣饭吃。"

世上真的有这么辛酸的事情吗?难道小福子的命运还不如一条狗的命运好?我为他鸣不平,同时暗暗想找个机会跟妈妈说一说让我们收留小福子吧,母亲不是很喜欢他吗?

然而倒霉又像乌鸦一样地在半空回旋了,这次乌鸦落到了我家屋顶,它从窗口钻了进来狠狠地踩了西西一脚。

## 十二

那一段时间我们谁都不去注意西西每天都忙些什么。她活泼、自负的天性在不知不觉中又毫不含糊地回到她的身上。她又尽可能地利用机会奚落我、挖苦我。她早晨已经不再起来煮粥，父母也不去强迫她，因为猫冬的日子他们是不需要早饭的，而我则完全可以空腹去上学。有时我的书包里背着一个硬邦邦的玉米饼子，实在饿急了的时候我就把它放到教室的火炉上烤烤吃了。

图画老师依然照常来给我们上课。他已经开始教我们画复杂一点的东西了，比如画老人的头像和许多孩子堆雪人的情景。我对画画没有什么特别大的兴趣，倒是西西极其喜欢那些色彩和线条，我喜欢的是足球、圆规、三角形、梯形、面积、公里什么的，这些东西听起来充满了乐趣。我讨厌使用橡皮和铅笔刀，写错了的地方我就撕，小福子总说我这是在浪费。

我对图画老师的怨恨像窗外冬天中的树木一样静止不动了。我几乎是要忘却西西和他的关系了。他在上课时还是用那一贯的散漫眼神打量全班同学，而并不特别注视西西，西西却一如既往地盯着他看。西西的样子使我很想打她一巴掌。

眼看着就快放寒假了，老师开始给我们布置各科的考试范围。我想在此次考试中戒除作弊现象，所以我很认真地复习功课。我想我应该靠自己的能力去填写成绩单了。

有一天又下雪了。那天上午第二节课是图画课，西西画的腰鼓和白菜得到了老师的表扬。课间操时我们全都跑到操场上去打雪仗，连值日的同学也去了，所以教室里应该说是没有人的。我在打雪仗的时候发现西西不在，我想她可能是去厕所或者是去别的什么地方了。她喜欢独处，不愿意与我们为伍。然而事情就在这个时候发生了，惠雁在打雪仗的时候忘记戴棉手套了，她冻得厉害，所以就一拐一拐地在雪地上往教室奔跑想去拿手套。可惠雁很久很久也没把手套取来。直到第三节课的钟声沉闷地打响的时候，我们也没见她过来。当我们走进教室的时候看见许多人围在那里，似乎发生了什么大事。校长、语文老师都站在那里，西西的脸通红通红的，她不知道该把手放到什么地方才好。而图画老师则垂着手站在教室的火炉那儿，他的脸色更加苍白。我预感到他们在教室里干了什么事情了，我极其绝望地挥手就给了图画老师一拳。这时校长慢条斯理地对我说："麦穗，你把西西带回家去吧，然后让你的爸爸妈妈都来一趟。"校长说完看了看图画老师，说："至于你，你就去坐牢吧，局子里会判你刑的，你这个畜生！"

原来是惠雁取手套时发现西西和老师躺在教室的最后一排那里，她听到了声音，然后她就把校长和语文老师找来了。西西仇恨地看着惠雁，不知羞耻地骂她："你眼气了是不是？你这条小母狗！"

"可他对你耍流氓，他是在欺负你哪。"惠雁被吓得哭哭啼啼的。

"我愿意让他欺负我！"西西痛哭失声。

西西从此就被迫辍学在家。左邻右舍都在议论西西，这使得父母亲觉得在众人面前丢了面子，抬不起头来。母亲逼迫西西干那些繁重的体力活，而且限制她的粮食定量。西西一边反抗母亲的做法一边屈就于她。西西像大人一样了，她的嗓音越来越粗，她在喊人的时候老是用那种不耐烦的音调，动辄就"哎——哎——"地叫起来，也不知她是在呼唤谁。

母亲对西西说，公安局提审她时要注意说老师是强奸她，那天在教室里是第一次，千万不要说你很愿意。西西每每听到这样的话后总要高声叫道："知道了，我知道了！你为什么老是管我，而不去找找你自己的披肩呢？！"

"真是个厌世的种！我真不知道前世作了什么孽，养下了你这个孩子。"母亲摇头叹息。

寒假将临的时候城里的公安局来了一辆绿色的吉普车调查案情。西西被带进那个车里到城里的局子去说明事情发生的经过。那天西西上车的时候聚集了许多人，母亲、父亲，还有我、校长、语文老师，以及小福子都在。父亲拉着公安局的一个人说："你可要为我们西西做主，她冤枉啊！都是那兔崽子老师不安好心！"结果大家被他的话给惹逗得笑出了声，原来他拉的那个人是司机。母亲站在人群中一副哆哆嗦嗦的样子，她恳求其中的一个人："让麦穗陪她去吧，她一个人会害怕的。"

"我一点也不害怕！"西西坐在车里用手蒙住眼睛，她可能已经哭了。

许多人都在注意西西的举止，尤其是那些臭婆娘，她们特别爱看西西走路的姿势和她的屁股。校长拍着西西的肩头说："要说实话，记住。"

西西到晚上时才被车送回来，那时我们全家人都在等她。她进了屋子，一副失魂落魄的样子，她的手指肚上有红色的印泥的痕迹，我们料定她在某一份材料上按下了手印。她进来后一言不发地坐在窗台前呆呆地想什么,后来她的眼泪像粗麻线一样地流出来了。我递给西西一块毛巾,她用毛巾捂住了脸,她抽抽噎噎地说:"他们不让我看他,我没有看见他,我把他害了,把你们都坑苦了。"我想起了暑假第一天的那个下午,那个森林中被阳光辉映着的西西的脸庞,那个闯进了画面的小西西,她现在又是怎样地被这张画给抛弃了。我又开始同情西西的遭遇了。我憎恨自己没有及时地早些干掉那个老师,致使西西现在声名狼藉。

学期结束的时候对图画老师判决的消息传来了。他被判了十一年的有期徒刑,定罪是诱奸幼女罪。这也就意味着,他将在十一年后的冬天才会从监狱出来,那时他已经是活了大半辈子的人了,那时候我和西西早已长大成人,那时候是丰年还是灾年却永远无法预料。我听到这个消息又解气又惆怅,而母亲则担心十一年之后的某一天西西会遭到这个老师的突然暗杀,好像这位老师服刑的日子就是西西在人间的所有劫数似的。我不愿意相信这一天会出现。

西西从此永别了学校的大门。她每天同父母一起去田里劳动。西西像竹笋一样长得飞快,一年过去之后她的个头多了三公分,而她的脸蛋又那么光洁红润了。她越长越饱满,骨骼还在尽量朝粗大方向发展,眼睑之处的生机也栩栩出现了。西西完完全全成了一个出色的农民。每当我从学校放学回来,她总要盘问那一天学了什么课,她让我讲给她听。那时候我便充当老师,而西西则乖乖地像个孩子。西西常常对我说:"麦穗,你是个好命的人,你要一年比一年考好,将来你会上大学的。"然而,这种状况没有维持多久西西就自暴自弃地不跟我学了。她在有一年的一个夏夜对我说:"我不想再学什么知识了,我这样挺好的。很多人将来都要和书本去打交道,我不想了。总要有一些人守着土地看星星呀。我就做这样的人吧。"

西西果然说到做到。当我去城里上高中之后，每逢周末回家，她都坐在院子中忙着什么活计，她每天都很晚才从院子回屋，她天天都站在院子中看星星。有时她也跟我讲讲小福子的故事，小福子在队里干活，总也挣不满工分，他妈妈已经改嫁了。我每次去看小福子都被他拒之门外，他根本不想见我，他把自己紧紧地锁在屋子里。从西西口中我得知小福子对西西很好，他常常在晚上时带着虎子狗来和西西说一会儿话。这样，我高中毕业之际就听说西西和小福子好上了，一年之后他们成家了。

西西成了家庭主妇，小福子成了西西的丈夫。

冬季的一天，父亲去世了。

## 十三

想念的麦穗：

春天时你寄回来的披肩收到了。我把它送给母亲，可她不喜欢它，她嫌那种紫色太跳跃，也许是新的原因吧，她仍然喜欢旧东西，而且老是喜欢和我发脾气，幸亏小福子脾气好。这条披肩只好我来披了，这也倒好。

我和小福子因为忙春种没顾得上给你写信，这期间家中还发生了一些事情，我马上就说给你听。

首先是我生了一个儿子，才五斤重，是我在地头生下的。生下他后的第五天我就下地了，我奶水很旺，相信他能越长越壮。他现在还很小，看不出长得像谁，但他的嘴巴比较像我，脾气也像，他吃奶时声音很大。等一下我再跟你商量给他取名字的事。

第二件事是小福子他妈死了。我和小福子赶去料理了她的丧事。依然照祖上的规矩，要把她和小福子他爸爸并骨。那天我们请来好几个人去打开小福子爸爸的棺材，棺材打开后我忽然想起了母亲的披肩，我就用一根棍子拨弄了半天，后来我在头盖骨那儿发现了披肩的碎片。麦穗，那些碎片已经变成乌紫色的，比垃圾还难看，气味也很难闻，可我当时不知怎么地却哭了。我告诉小福子，最好别把他妈妈装进那里，兴许他爸爸会不高兴的，因为母亲的披肩已经陪伴他爸爸许多年了。小福子听了我的话，又把打开的棺材重新钉好，培上土。我们把小福子他妈妈送到了另外一个地方。小福子没有为她披孝，我们只是给她烧了一些纸钱，葬礼是越办越简单了。

我告诉你这件事是因为我猜测母亲和小福子他爸，小福子他妈和我们的父亲可能在过去换过妻子。因为父亲死后小福子他妈专程来为父亲奔丧，而且哭得跟泪人一样。母亲和她从不说多余的话，她们互相敌视，这其中定有很大的秘密。不知道你过去是否听人讲过我们这一带原来有换婚的风俗？我现在越想越觉得有过这样的事，我非常担心。我担心我和小福子可能是兄妹关系。现在他们四个人中活着的只有母亲了，我真想向她问个明白，可她不会说的，而且我也不忍心去问。我记得，我第一次怀孕时母亲气急败坏，她风急风火地叫人给我堕了胎；而我这次生孩子她又一点都不靠前，她一点都不关心那个孩子，她好像盼望着孩子能死，从这一点上看，可能我的猜测是正确的。但我不敢把这种想法告诉小福子，那样我们将来的日子就无法正常过下去，我一个人完全担当得起来。

还有一件事，就是那个图画老师提前被释放了，他那天来看我了，他还看了我的孩子。他完全变成另外的人，像从地狱中出来的人一样。小福子很客气地招待了他一顿晚饭，晚饭后他把我叫到院子拉住了我的手，他哭了，他说他毁了我，对不起我。而我却认为我毁了他，因为和他一起来的上海知青大都返城了，他落在这儿，真有些可怜，我当时心里发酸。他把那年在松林里给我画的那幅画送给了我。他还问到你的一些情况，向我打听了你的地址，说将来去看看你。他说他要出去找一份临时工干干，然后重新画画。麦穗，如果他将来真的会去看你，你对他友好一些，行吗？

最后，我要同你商量给孩子取名的事。我想给他取名叫"麦穗"，不知你是否同意？因为你已经长大了，这个名字已经很少有人去叫了，就把它传给我的孩子吧。因为我很担心孩子会在哪一天突然变成傻子，给他取个好名字会很吉利的。我喜欢叫他"麦穗"，那样，我们就又回到小时候了。我们又可以整天在一起了。希望你能同意我这个要求。叫他一声"麦穗"吧!

西西

×年×月×日

## 十四

有一年的春天我们种了一片麦地

夏天时我们用水车给它洗脸

我们空空的饭碗一只只地挨近它

使它衰老疲惫、瘦弱无粒

秋天时我们无所收获

然而冬天的日子啊

却充满了馨香沉甸的回忆

我们就坐在一片麦穗中回忆

# 岸上的美奴

一

围剿马哈鱼的那些日子，美奴常常到岸边去看船。入秋后，江水凉了，云彩淡了，朝霞却因为迟暮而变得艳俗，一抹又一抹的绯红像标语一样贴在天边，勾起了美奴想往霞光里填一些字的愿望。

美奴看船，其实是为了看船上的收获。谁家打了大鱼，谁家又空空而归，美奴从船泊岸边那一瞬间的船主的脸上便能一眼望穿。有所收获的人表情是平静的，毫无收获的人则掩饰不住沮丧、愁眉苦脸，而大有收获的人则百分之百都眉开眼笑。外地的鱼贩子这时就朝脸上有笑容的船主跑去，递烟、寒暄、奉承，想以低廉的价格把船主彻夜鏖战的成果收购走。但船主已经不是几十年前的老船主了，新船主们虽然仍不乏纯朴和正直，但更多了一分了解马哈鱼行情后的慧黠。他们和鱼贩子针锋相对地砍价，直侃得日头白白地升起，照活那一带江水，双方满意的价钱才水落石出。鱼贩子将一沓钱数好后交给船主，船主也不客气地蘸着唾沫再数一遍，然后将钱交到一直躲在身后的老婆手上，由女人仔细把钱收好，这才将船上刚过了秤的鱼装入鱼贩子的麻袋。那鱼折腾到清晨大都已经僵死，但也有一息尚存的，仍然习惯地摆着尾，艰难地翕动着腮，雪青的鱼鳞被阳光照得泛出燃烧般的幽光。

最不幸的要属于雌马哈鱼了。它们一上岸便首先被人用尖刀剖了腹，从里面涌出一汪汪金红色的鱼子，极似为爱情而落泪的女人的眼。专收鱼子的人就一拥而上，他们相互竞价，终归是由财大气粗的人把那莹莹欲动的鱼子给取走，剩下一具腹中空空的雌马哈鱼的尸体。这时蚊蚋苍蝇就乘虚而入、各行方便了。

最刺激美奴的莫过于给雌马哈鱼破腹的那一时刻了。她会敛声屏气地挤在人丛中看着尖利的金属刀怎样刺破鱼腹，鱼皮被撕裂后抖动着向两侧展开，这时鱼腹中的鱼子就赫然显露了。它们用那金红的目光望着美奴，令她有见到棺材的那种触目惊心的感觉。

太阳升得更高的时候美奴可以望见江心浅滩中那丰茂的水草了。银白的水鸟常常会突然从里面飞出来，让人不知道它们是什么时候栖息进去的。这时归来的渔船大都靠岸了，鱼贩子乘兴离去，而渔民们也都拴好船回家歇息了。这时的江岸是寂静的，机帆船的轰鸣声消失了，江岸的水泥石礅、长堤和环形铁链成为阳光下真正的静物。

美奴从码头的南岸走到北岸。货场上堆满了集装箱和金灿灿的玉米，一辆吊车正用巨大的铁钳一次次地把玉米装到一艘大船上。那是"青远号"货轮，是她父亲驾驶的货轮。吊车是租用乌克兰的，开吊车的小伙子一头金黄色的头发，美奴仰视他的时候被阳光刺痛了眼睛。玉米是从各个农场收购来的，它们被装到"青远号"后，将沿着黑龙江到达俄罗斯的玛戈港，然后换装到江海直达货轮，穿越鞑靼海峡运往日本的酒田港。美奴的父亲会一直跟着这些玉米在水上航行。

吊车的铁钳将玉米抛向货轮的时候，一条优美的金色弧线出现了，但它很快伴着玉米垂落的哗哗声而消失。几千吨玉米就是这样渐渐被装上船的。

美奴盼望着装货的速度放慢一些，可那位乌克兰小伙子工作总那么兢兢业业，这样，不出一个星期，"青远号"将驶出码头了，这是美奴不愿承受的一个事实。因为父亲会离开家，而她对病后的母亲已经厌倦至极，她不知该如何对付这个与从前判若两人的女人。尽管父亲一再开导她："美奴，你要有耐心，她会慢慢好起来的。"

美奴已经对她失去信心了。现在她能吃能睡，喜欢耍泼，夜半时常常把父亲赶出她的屋子，她看待美奴的眼神就像看待街上的一条野狗，淡漠而又带着些许隐隐的厌恶。美奴特别不能忍受的是母亲接连几天都问她同一个问题："你到了嫁人的年龄了，怎么还没男人来找你？"

美奴憎恨城里的那位医生，就是他主刀的那场手术，治好了母亲的头痛，但却使她失去了记忆。一个失去记忆的人像什么呢？像这些远离家乡被异国人吃掉的玉米吗？

美奴离开北岸的货场，朝家走去。路上遇见母亲的一些老熟人，都问她："美奴，你妈妈她好些了？"

美奴木讷地点着头，低声回答的却是："我爸爸要去酒田运玉米去了。"

美奴的母亲正在吃早饭，她的刘海儒进粥里，吃咸菜时嘴里还发出吧唧声。美奴的父亲心事重重地翻着美奴小时候看过的一本小人书，是本《穆桂英挂帅》的连环画册，见到美奴，他说："快吃饭上学吧，别迟到了。"

美奴说："那玉米装得可真快。"

父亲漠然地说："是吗？"

美奴说："我想跟着玉米一起去酒田。"

父亲说："那酒田是人人都能去得了的吗？"

美奴哀伤地看了父亲一眼，抓起一个馒头背着书包便去学校了。刚一出门她便听见屋里"当啷"一声脆响，不用说，母亲又打碎了一只碗。如果美奴没记错的话，这是她病后失手打碎的第十四只碗了。

美奴本不想在课堂打瞌睡的，尤其是在白石文的课上，可她还是不胜倦意地趴在桌上睡着了。下课铃声响起的时候她就像伏在一堆干草上一样舒服得不想起来。她正梦见一条鲟鳇鱼，像小船一般大，十几个渔民正合手将它拉向岸边。那时美奴赤着脚，初秋的阳光把岸上的水泥台阶照得很暖和，她就仿佛踩着一幅丝绸。白石文的嗓音总是那么动听："陈美奴，你该醒醒了。"

美奴就像咬了钩的鱼一样挣扎着浮出水面，这才明白换了另一番天地。教室里已经空空荡荡，同学们都出操去了，黑板上留下几道作业题，操场上嗓音很大的喇叭传来了广播体操的序曲。

美奴心中想着的还是那条鲟鳇鱼，它被拖上岸边后，如果是雌性的，也要面临着被破膛的命运吗？鲟鳇鱼子是黑色的，有人称它为"黑珍珠"，营养价值极高，是飞行员的必需食品。今年只有两条鲟鳇鱼被打上岸，斤数都不重，一雌一雄。而美奴梦见的这条鲟鳇鱼却显然气派得多了。

## 二

"又起大早去看船了？"白石文并没有责备她。

"嗯。"美奴答应着，心中却想，老师怎么知道我去岸上了，难道他也起大早看船？

"你妈妈她好些了吗？"白石文的鼻尖上有一些细小的汗珠，左手上的粉笔灰很厚，他是左撇子。美奴的妈妈健康时开着一家小酒馆，那时白石文常常在冬日的夜晚去酒馆。

"她今天又打碎了一只碗。"美奴站起身朝玻璃窗外望去，同学们正在做广播体操，她看见刘江故意在踢腿时踹旁边的矮个子一脚，矮个子趔趄了一下，仍然坚持做操。

"她会慢慢好起来的。"白石文说，"她不会永远这样的，你要理解她。能不能不让她用瓷碗？铁碗土产日杂商店就有卖的。"

"我爸爸犟嘛，铁碗我都买了，他却偏偏让她用瓷碗。"美奴嘟囔着，"打了两摞瓷碗了，他又买了几摞放在仓房预备着呢。"

"你爸爸为什么这么做？"

"他说要让她像过去一样生活。过去她用瓷碗，现在就还得用瓷碗。"美奴转回身，她躲开了白石文的目光，看着他上衣的一颗纽扣，她说，"他老是惯着她，像过去一样，她想怎样就怎样。不过他惯不了她几天了，他就要到日本的酒田运玉米去了。"

## 三

课间操结束了。白石文惯常地看看表，嘱咐美奴如果黑板上的题不会做，可以放学后找他补习去。美奴点点头，用橡皮擦掉了上课前她画在课文标题上的一条鱼。那是一条有五行硬鳞的鱼，半月形的嘴，两旁斜生着扁平的须。

黑板上的题是分析句子成分的，共留下五个句子：

一、同学们高兴得跳起来。
二、你还记得二十年前发生在吴镇的一桩往事吗？
三、土豆的学名是马铃薯。
四、金黄色的牵牛花绕着篱笆向上爬。
五、唱歌的姑娘不小心将花头巾掉到河水里去了。

陆陆续续有一些同学回到教室，美奴心想，第二个句子的"吴镇"是否是"芜镇"的谐音？如果是，这个句子应该被填到那像标语一样鲜艳的朝霞里去：

你还记得二十年前发生在芜镇的一桩往事吗？

每天的朝霞里最好都要有这句话，它能提醒芜镇的人不要轻易就丧失记忆。

白石文是美奴的语文老师，也是班主任，从五年级一直跟到了七年级，美奴一直很喜欢听他的课。白石文讲课干脆利索，不像其他老师喜欢用语气助词，啊呢吧嗨吗地没完没了，让人听了直耳鸣；他也不喜欢打手势，他站在讲台上通常是直溜溜的，衣着洁净，不苟言笑，似冷水中匀称端庄而珍稀的一条细鳞鱼。他第一次给美奴上课，美奴便觉得那堂课过得太快了。那天夜里她还梦见了他，他赤脚走在渔场上，阳光将他和鱼照出同样明滑的颜色。以前美奴不喜欢上学，她的学业水平只占中游，但白石文的出现使美奴觉得学校是最妙的去处。只要看见白石文，听见他的声音，美奴便觉得单调寂寞的芜镇生活有了生气。然而最近一年来美奴不敢抬头看白石文了，一看见他的脸尤其是眼睛她就心慌，所以她尽量去看他上衣的纽扣。他惯常穿的米色衬衫的第二粒纽扣已经被美奴看得烂熟于心，那粒柠檬色的纽扣中间有一道豁口，它像条雨丝一样一直滋润着美奴的眼帘。前一段白石文大概消化不良，他在小考巡视经过美奴身边时，她常常能听见他的腹部发出叽里咕噜的声音，好像有条鱼在里面捣乱。美奴便为这声音而难过，她认为老师的腹部发出这种声音是可耻的。她便把家中晒干的鸡内金偷偷放在白石文宿舍的窗台上，并且用左手写下了一行歪歪斜斜的字：

碾碎后用开水冲服，每日一次，可治疗消化不良。

她不希望白石文发现是她送的鸡内金。结果这一段她没有再听到那种不良的响声了。

美奴一个上午都在昏昏欲睡。第四节地理课时黑瘦的地理老师见美奴趴在桌上旁若无人地睡着，忍不住将一截粉笔甩向她。粉笔头准确无误地弹在美奴脑壳上。美奴激灵了一下，她醒过来，同学们满堂哄笑，她模模糊糊望见黑板上有一些乱七八糟的图线，大概是铁路线吧。老师那气汹汹的样子活像被妻子给戴了绿帽子的男人，他的脸色常常使美奴联想到灶房上垂吊着的被烟熏火燎的腊肉。

"陈美奴，你说说京广线经过哪些大城市？"老师问。

美奴站起来时腿有些发软，快到正午了，阳光将书桌照得寡白寡白的，摊开的书页上的每一个字都空前活泛起来，仿佛鱼卵一样飘摇。

"不许看书！"地理老师呵斥。

美奴说："北京和广州我都没去过，我怎么知道？"

"全世界有很多人都没有去过耶路撒冷，可他们照样是圣徒。"老师一字一顿地反驳。

"我听不懂你的话。"美奴说，"耶路撒冷是外国名字吧？咱们不是还没开世界地理课吗？"

同学们又一次哄堂大笑，不过这次不是笑美奴，有个男生打着悠长的口哨，美奴一听就知道那是刘江在起哄。

"谁打的口哨？打口哨的站起来！"老师拍着讲台，粉笔灰被拍得白花花地飞起来，老师就像银幕上白点闪烁的旧电影中的悲剧人物一样。

就在他气得颤抖的时候，下课铃声响了。家务活繁重的地理老师只得敛住怒气，夹上教案灰溜溜地回家。

美奴坐在座位上呆呆地看着同学们一个个离开教室，最后只剩下她自己的时候，她趴在桌上嘤嘤地哭了，她的泪珠鱼苗一样柔软地游到手上。耶路撒冷、北京、芜镇，这三个地名在她的心目中只有芜镇是真实的。因为她站在芜镇的土地上，感受着这里的一切：泥泞的散发着猪粪恶臭的小巷、天色向晚便陷入睡梦的人们、西山上的红松以及码头上停泊着的渔船。在美奴的意识中，世界就是芜镇。

"美奴——"

"美奴——别哭了——"

美奴抬起头，她发现刘江不知什么时候又返了回来，他飞快地把一张字条递给美奴，就一溜烟儿地出了教室。

刘江的字歪歪斜斜的，像地震后的一片危房：

> 今晚八点在码头北岸见，就是给"青远号"装玉米的那个地方。你要是失约，我就把码头下的那条江当成我最后的家。

美奴走在岸上，她感觉到了一种非同寻常的喧闹。几条归船泊在岸边，许多人围聚在一起议论着什么。他们直着腰议论，说明他们议论的不是鱼，不然他们会频频低头看脚下被捕上来的鱼的。他们的神色有些紧张，又有些兴奋，难道又一场鱼汛即将到来了？

"早起发现时肚子已经跟鼓一样大了。"有个扁脸的男人啐口痰说，"他那……咦嗬，怎么泡得跟棒槌一样大？"他瞅了瞅美奴，没再说下去。

美奴的心一惊：难道淹死人了？

美奴停住脚，她觑见一条死鱼就在她脚边腐烂着，一团苍蝇不厌其烦地叫着。太阳贴着江水腼腆地出现，江面上有了广阔而忧郁的波光。

几条归来的渔船都空空荡荡的，渔民的脸色都不大好看。鱼贩子抽着烟兴味索然地踢着脚下的石子，恨不能一脚踢出一条大马哈鱼来。

美奴轻声问一个拴船的渔民："淹死的人在哪？"

那人头也不抬地用力踩了一下船板说："在北码头那儿。"

美奴迟疑地朝北码头走去。她开始回忆刘江写给她的字条的最后一句话："你要是失约，我就把码头下的那条江当成我最后的家。"她的的确确失约了，她不想天色向晚时和一个男孩子待在江边，他们之间难道有什么不可告人的话非要到北码头去说吗？美奴出了一身虚汗，步子紊乱不堪了。金黄色头发的乌克兰小伙子仍然在往"青远号"上装着玉米，一道道金色的弧线彗星般出现又消失，集装箱依然有条不紊地按老规矩站着，几条跟着主人来到江岸的狗在相互追逐。如果不是岸边的某一处围着许多人，美奴几乎看不出北码头有什么异常。

那些围着尸体的人无疑都是芜镇的百姓。也许因为看厌了尸体，他们当中有的人竟然开始大口大口地吞咽馒头，还有的人若无其事地挖着鼻孔。美奴见一个妇女挤进人群，看了一眼就嬉笑着掩嘴而出，她不明白死人有什么可乐的。美奴鼓起勇气，她挤进人群。一具男性的赤身裸体的尸体横在沙地上，他面目浮肿，肚子果然跟鼓一样大,他那变态而丑陋的嘴脸令美奴分外陌生。这根本不是刘江,是谁美奴是不知道的。她还看见了他的下肢、脚以及被渔民称为"泡得跟棒槌一样大"的东西。她只觉得恶心,她挤出人群,蹲在沙滩上,满头大汗地"哦哦"呕吐起来。

原来死者是个盲流,在货场打了一段零工,然后给一家馆子帮厨,最近一段天天晚上都到货场去偷东西。他偷了铁器、木板、纺织品,也有机器那崭新的配件和油漆。他想把这些东西变卖后回到家乡。昨夜他又一次行窃时被码头的更夫发现。更夫追着他来到江岸,并且将电棍亮了出来。他无路可逃,就朝江水跳去。更夫以为他要由水路逃走,也就听之任之,没想到清晨打鱼归来的渔船在下游发现了他漂浮的尸首。

他那黧黑脸色的同乡说:"他根本就不会水。"

更夫哀叹道:"那他朝水里跳什么哪,谁又没逼他,这又不是砍头的罪。"

美奴这天在上学路上就觉得头晕得厉害。她的眼前老是飞舞着无数条银光,仿佛一双眼睛分明成了锻造银的炉子。她在教室遇见刘江的一瞬觉得兴味索然。他并没有因为她的失约而表现出沮丧,他正吧唧吧唧地大口大口地嚼着口香糖,这是他从电视上美国职业篮球运动员身上学来的。美奴觉得他违背誓言是可耻的,虽然她并不希望他死,他若无其事的表情比岸上异乡人的尸首还令她作呕。

"他是个伪君子。"美奴告诫自己。

刘江用书本玩世不恭地拍着桌子上的灰,然后将口香糖吐在掌心上,搓了几把,用手指抻出几条乳白色的细线,说着"新出锅的银丝面",然后强硬地塞向同桌男生的嘴,那男生慑于他的威力,屈辱地抵挡了一番，由他胡闹去。

"他是个不知羞耻的人。"美奴又得出了一条结论。她奇怪自己清晨往北码头走的时候，为什么会认为死去的人是刘江呢？她还平白无故地为他张皇失措了一阵，美奴觉得自己的那种担心跟干涸的河床上的桥一样多余了。

她又一次在白石文的课上睡着了。她又一次梦见了一条鱼，不过这鱼极为小巧，跟豌豆角一样大。美奴在浅水中提它的时候，它总能从她指间脱身而走。

"陈美奴——"白石文唤醒了她。

美奴睁开眼，一种已经出现过的单调场景又呈现在她面前，同学们都出操了，白石文的左手上有着很厚的粉笔灰，他米色衬衣的第二颗扣子仍然有那道白色的豁口。阳光无聊地照着陈旧的桌椅，她觉得头痛极了。

"美奴，你又起早去看船了？"

美奴讷讷地说："北码头那儿淹死了个人，他是馆子里帮厨的。他要到码头偷什么东西。"

白石文说："我听说了。"

美奴又说："那么多人围着看死人，还有人吃东西。"

白石文说："你看见尸首了？"

美奴垂下头："他可真难看，我长这么大没见过比他难看的东西，我一想起他就要恶心。"

白石文说："过几天就会好的，别去想他。"

可美奴这一天非想这件事不可，因为这是芜镇发生的大事。大家都在津津有味地谈论着。货场上、菜园里、歪歪斜斜的障子边、苍蝇横飞的厕所旁，总能见到三三两两的人聚在一起交头接耳地议论着。

　　黄昏时，风传死者的家属撑着船来码头接尸首了，于是一家家的大人孩子丢下饭碗就朝码头奔，就像一群羊被赶下山坡一样。果然来了只木船，下来三个男人，船和来人都没有吊孝，但船和来人一样地肃穆。他们一声不吭地在众目睽睽之下将那肥大的尸首抬上船，然后将死者的衣服在沙滩上烧掉了。一股难闻的布灰味使几个上岁数的人咳嗽起来。接着是撒纸钱，其中一个穿黑衣的矮瘦男人从一个油渍渍的黄布兜里掏出一把纸钱，将它们撒在沙滩上。他只撒了一把，显得有些吝啬，纸钱又不是钱，何至如此呢？想来漫长的水路更需要买路钱吧。死者的同乡又将死者用过的碗、盆和暖瓶送上船，东西都很旧了。他用的行李用麻绳打成十字花，绳扣上还别着一把笛子，难道他生前还能吹出一些乐声？天色已经暗了，江水灰蒙蒙的。那条载着尸首的木船渐渐离开北码头了，船朝远方驶去。也许是江上起了雾气吧，船很快就模糊不清了。人们以为会听到一阵热闹的哭声，然而一声哀哭也没有。听说死者的母亲已经故去，他只有兄弟，没有姐妹，也没有娶妻，没有女人参与的祭奠当然就冷清了。芜镇的百姓都有些失落地垂头丧气地回家，该吃饭的接着吃饭，该收干菜的就收干菜，该睡觉的赶紧解净手闩门。美奴一直站到码头上只剩下她一个人，俯身捡起一片纸钱，用它遮着双眼，从纸钱的洞隙中去看天上的月亮、月亮中的桂树。月光把纸钱照得仿佛浸了油，黄灿灿的。

## 四

"青远号"驶出北码头的时间是正午。美奴最厌正午，日头当空，阳光无拘束地直泻着，仿佛一个泼皮在耍赖，哪里都逃不过它的魔爪。这是个礼拜天，鱼汛已经过了，江面上再也没有往返的渔船了。芜镇的百姓纷纷赶到码头去看"青远号"远航。芜镇的几位领导也来了，他们为"青远号"饯行，还带来一挂鞭炮。镇长穿着中山装，逢人便龇牙乐，仿佛今夜他要填房纳妾了。美奴看见父亲登上了"青远号"，他由底舱的舷梯登上了二楼的驾驶室，满嘴酒气的副镇长就冲手下人吆喝："快放花放花！"

鞭炮先是爆响了几声，接着便有气无力偶尔迸出一两声响，想必是哑炮频频出现了，那声音就很让人不过瘾，有点虎头蛇尾的味道。"青远号"拉响三声汽笛，船身就慢吞吞地动了。船员都站在甲板上朝岸上的人招手，有的挥舞着帽子，有的挥动着毛巾，还有的干脆把背心脱下来当作旗帜。毛巾和汗衫一律是白色的，虽然帽子的颜色有了些反差，但也老气横秋，加上船体是灰色的，这艘远航的船便没有了预想的喜气洋洋的色彩。船离岸远了的时候，船员都回舱了，而岸上的人也陆陆续续回家。美奴一直望到船不见了踪影，这才有些失落和委屈地回家。

美奴的母亲杨玉翠穿着件碎花小褂坐在院子里挺得意地喂着鸡。她用衣襟兜着一捧金灿灿的玉米，噜噜地唤着鸡，很勤快地扬着粮食，那些对粮食已经丧失兴趣的鸡用嘴啄着粮食玩。

美奴说:"我爸开着船走了。"

杨玉翠"哦"了一声,仍然噜噜噜地唤着鸡。

美奴说:"船先到俄罗斯的玛戈港,然后换装后才能去日本的酒田。听说酒田的晚上很好看,有许多的灯,全都像羊奶子一样。"

杨玉翠很怪异地看了美奴一眼,挺神秘地笑了。她说:"酒田到了晚上当然好看了,酒馆全开了,门前都吊着灯,一串串的,像南瓜那般大,都是红灯。酒田又靠着海,好空气,坐在酒馆里还能看见——"

她的话突然止住了,她的意识大概又出现了空白,嘴唇失去血色,满面紧张。

美奴轻声说:"你不要急,慢慢说。"

杨玉翠嗫嚅了半晌,终于像一个大汗淋漓的失主找回了东西,她平静地接着说:"坐在酒馆里还能看见海船、海鸥,听见汽笛声——哞哞哞——"她捏着嗓子学了三声,"像牛叫一样。"她笑了。

美奴不禁大为吃惊,父亲才走,她的意识就灵光闪烁了?

杨玉翠接着说:"你爸爸第一次从酒田回来就跟丢了魂似的。玉米运到了,魂也跟着不回来了。说是酒田的酒馆比咱们这里的好,干净,菜里还爱放腌梅子,酒不烈,柔得很,女招待个个把发髻梳得跟牛犊舔过似的,跪着给客人倒酒,有时还清唱一两曲。这么样的好伺候,你爸爸怎么舍得从酒田回来呢?他想他要能变成玉米,就非留在那儿不可了。唉,想想真让我头痛。"

美奴几乎激动得要哭出声来,母亲口口声声地称呼着父亲为"你爸爸",而在此之前,她总用敌意的目光看待他,说她是良家妇女,被他给拐卖至此了。父亲那时连辩解的份也没有了,他只是重复说:"你在十几年前就嫁给了我,你生下了美奴,一直跟我在芜镇生活。"

"芜镇?!"她茫然而愤怒地指着窗外说,"就这么个破镇子,我在这儿生活了十几年,跟那些丑陋的鸡和愚蠢的猪,还有你这个不洗脚就睡觉的人?我可不认识这个破镇子,我生活过的镇子比这儿美多了。"说着,泪就下来了,仿佛一颗享受过天堂美好的灵魂,又被强行打入了地狱似的。

病好归来后她还没有离开家院,父亲一让她到码头呼吸呼吸好空气,她就气恼地说:"到处都是灰尘,我怎么好出门?"

杨玉翠大概说累了,她嚷着困了,她把兜着的粮食一股脑儿弃在地上,拍拍衣襟回屋睡下了。美奴颇为哀伤地想,自己要是能生出一双翅膀,沿着江水追上"青远号"该多好啊,她会把母亲突然好转的消息告诉父亲,让他一路安心地去酒田。父亲离家时看母亲的那眼神令美奴触目惊心,那是种担忧、绝望、无可奈何、隐隐怜爱、痛苦纠合在一起的矛盾的目光。

美奴的母亲一直睡到日落时分。她醒来后便吃美奴已做好的饭,美奴不动声色地陪着她。美奴等待她开口,然而那顿饭异常沉默。饭后,月亮起来了,美奴不知怎地又想起了死去的异乡人,胃里一阵恶心,这时母亲突然对美奴说:"我要到码头看看水,你不必跟着我。"

## 五

美奴刚走出教室,就发现母亲打着一把翠绿色的伞在雨中站着。她穿着件淡紫色紧身软缎上衣,灰布长裤,梳着个光亮的发髻,刘海剪得齐刷刷的,真像一截鲜亮的藕戳在那里。

昨夜她从码头回来时月亮已经西行了,她好像是哭过,因为她说话时鼻音很重。那时美奴已经因为等她有些沉不住气了,见了她忍不住冲口而出:"你再不回来,我就要到码头寻去了。"

"我又不会投江,你急什么。"杨玉翠轻轻叹了口气,美奴由此听出她仿佛哭过。

"你伤风了吧?"美奴小心翼翼地说,"码头那儿很凉。"

"没什么,就是水汽大一些。满江都是半残的月亮,让风给吹得一抖一抖的。"杨玉翠痴痴地说,"下午我听见了三声汽笛,感觉是不对的,那条大船果然就没有了,码头那儿空空荡荡的。你爸爸他真的又去了酒田?"

美奴说:"是啊,他去酒田运玉米了,不过一上冬他会回来的。"

"他不会回来了。我这副样子,他还会回来吗?他会留在酒田过冬天的。听说那里的雪也好看,米和酒又都香,人怎么会回来呢?他不会回来了。"

她絮絮叨叨地嘀咕了半响,有时清醒,有时糊涂。美奴的感觉就仿佛是看一轮明月,一会儿被云彩无端地遮住,令人黯然神伤;一会儿又妥帖地亮出光洁的面庞,令人神清气爽。

早晨美奴上学时母亲还在睡梦中,想不到此时她却娉娉婷婷地出现在教室门口。

美奴以为母亲来接她回家,便说:"妈妈,这才第二节课,你不用来接我,早晨出门时我见天阴得厉害,带了伞了。"

杨玉翠心平气和地说:"我不是来接你,我是来看你的老师的。"

美奴吃惊地问:"你看哪位老师?"

这时教室里走出一些上厕所的同学,他们见了雨中焕然一新的美奴的母亲,都很吃惊。

"我要看看白石文,我有好长时间没见着他了。"她说。

美奴的一个女同学恰恰把这句话听到了,她吐了一下舌头,很快回到教室把这句话传播了:"美奴她妈来看白老师了!"于是,虽然落着雨,同学们都兴高采烈地跑出来看美奴的母亲,就像看剧团的当红名角似的。有的同学因为没伞遮挡,站在檐下,又不幸被一缕不期而至的屋檐雨给击打了一下,便又跳叫着,引起一阵哄笑。美奴觉得母亲太过分了,就是真要看白石文,也不能追到学校来吧,这多么丢人。美奴就感觉自己仿佛是北码头那具赤身裸体的被众人围观着的尸首,不过是尸首倒也好了,他已不知自己的廉耻了,而美奴却火辣辣地觉得自己的羞耻心被人生吞活剥着,仿佛那些刚上岸的雌马哈鱼,由人用锐利的刀给剖了腹。

那一刻美奴突然异想天开,要是天突然完全黑下来该有多好,同学们什么也不会看见,而她可以从容地把母亲带回家。然而虽然有着冷清的雨,但灰白的天色还是使人的视线游刃有余,美奴母亲的美丽和痴迷一览无余地展现在同学们面前。

第三节是白石文的语文课,当他打着一把陈旧的黑伞夹着教案垂头走向教室时,他突然发现了站在雨中绿伞下的杨玉翠。他不由自主地歪了一下身子,伞也失了手,闷闷地落在泥水中,里里外外都被雨敲打着。

"这么长时间没见你了,我就想来看看。你还在教语文吧?"杨玉翠很自然地说。

这时上课铃声响了,围观的同学只好余兴未尽地慢吞吞地回教室,美奴这才觉出一种解放。她看了看白石文,见他有几分木讷,又有几分惊喜和疑虑。他柔声地说:"你能走出家门多么好。"

"我的酒馆什么时候没了的?那时候你老去坐酒馆。"杨玉翠轻声问。

美奴无法再听下去了,她转身走回教室。大家都盯着她看,有人还嬉笑着,美奴屈辱得很,她恨不能当头现出一个霹雳将她利利索索地斩为两截。

白石文走进教室时叽叽喳喳的议论就停止了。他提着那把被泥水弄得很脏的旧雨伞,浑身上下都是湿的。他有意识地甩了甩头发,似乎想恢复常态进入正常教学,然而他难以平抑的激动情绪使他讲起课来头绪纷乱,仿佛一个原来很出色的描图工,遭到了蚊虫的骚扰,使纸上的图像意外地变形一样。

美奴自始至终看着白石文上衣的第二粒纽扣,看得眼酸了,这才将视线抬高一些,望了望他的头发,觉得没什么看头,就怯怯地微移视线看他的眼睛,恰好白石文也在看她,美奴就感觉冷不防被针刺了一下,她自悔着把目光投向窗外。

美奴没有上第四节课就回家了。雨住了,站在芜镇的高岗上,可以一目了然地看见码头下的那条江。苍茫的江水上浮游着大片大片的水雾,江面上没有一条船,也看不见银色的水鸟。有些半朽的柞木障子上长出了颤颤巍巍的黑木耳。

杨玉翠正对着房子西侧的一片瓦砾发呆。她垂着手,脸色很难看,梳好的发髻也散了。

美奴气咻咻地说:"你怎么不跟我商量一下,就到学校去看白老师？"

杨玉翠没有理会美奴的话，她的双肩颤抖着。

"你还打着把绿伞，弄得比我都新鲜。"美奴说着便眼泪汪汪的了。

杨玉翠忽然一字一顿地说："我知道为什么这里都是碎砖废瓦了，你们拆了我的酒馆，不让我再卖酒了，我的灯呢？我的那些好看的木桌木椅呢？"

"这里再也不会有酒馆了。"美奴恨恨地说，"你不是病好了吗？就在家好好想想过去的事情吧。"

"我还记得有一把椅子是栗色的，有一条腿瘸着，你们白老师就爱坐那把椅子，一摇一晃的。"杨玉翠再看美奴时便有些神思恍惚，她的目光又呈现出江上雾气般的渺茫，她的嘴唇灰白，病后明显粗糙起来的面庞就像抹了一层生石灰，生疏而冰冷。美奴见母亲的双肩又加剧了颤抖，那满腹的怒气早被吓跑了一半，慌忙上前扶她进屋。她也乖乖地跟着美奴进屋了，她倒在炕上，很疲倦地冲美奴摆摆手，顾自睡去了。等她醒来时美奴已经煮好了粥，她还炒了一盘土豆丝，杨玉翠接过粥碗后便一心一意地喝起来，喝得哧哧咕咕地响，喝毕毫无目的地冲美奴一笑，手上的瓷碗却是挺干脆地落到地上，瞬间便四分五裂了。

## 六

美奴的母亲不再提酒馆的事，也不再提酒田、码头和船。她又回到了病初那种漠然、无所事事的状态。白石文在杨玉翠去学校看他的当夜来到了美奴家，那时美奴刚刚给鸡喂了夜食，她的母亲坐在屋子的灯下玩着茶叶筒。

白石文穿着很肥的裤子，风一吹，裤管里兜满了风，呼哒呼哒地抖动着，仿佛他整个的人在打哆嗦。

"美奴，你妈妈在屋吗？"

"她在玩茶叶筒，玩了一个多小时了。"美奴灰心丧气地说。

"白天时我见她好像全好了，她认得我。"白石文低声说，"她知道打扮自己了。"

"可她现在又不行了，我说过了，她玩了一个多小时的茶叶筒，而且……"美奴叹口气说，"午饭后又打碎了一只碗。"

白石文犹豫着走进里屋，美奴跟在其后。

美奴说："妈妈，白老师看你来了，你今天不是看他去了吗？"

杨玉翠抬起头，惊奇地看着白石文，嘀咕着："好年轻啊。"

"我是美奴的班主任，以前你开酒馆时我常来这里。"

"你是来家访啊，这孩子她在学校犯了什么错误？"她把茶叶筒放倒，由它咕噜噜地滚向炕角，再由墙壁给弹回，钟摆一样左右摇晃。

"美奴她在学校挺好的，我是专来看你的。"白石文有些面红耳赤地说，"今天你去学校看我，我们不是约好今晚去码头看江的吗？"

"我一向都不出门，你可真能说笑话。"杨玉翠冷漠地说，"我头痛得很，你们不要拿话来烦我了。"

"你今天去学校时还打着把翠绿色的伞。"白石文的语音分明失声了。

"今天又没落雨，我平白无故打的什么伞？"杨玉翠说完，又把茶叶筒抓在手中反复把玩。屋子里没有风，可白石文的裤管仍在抖动，看来他真的打哆嗦了。美奴心中却是格外不平了，原来他和母亲约好了夜晚去码头，去看江，他们难道有什么话在一起时才能说吗？母亲比白石文大约要大十二三岁，这难道不是勾引者的行径吗？美奴没有再理睬白石文，由他失魂落魄地走出院门，听着狗接二连三吠叫的声音，美奴判断出白石文是去码头了，因为最后的一声狗吠来自岸边。

溺死的异乡人的故事还远远没有结束。某一日的傍晚，码头那儿忽然又来了只船，船近岸时有人看清那正是接异乡人尸首的船。来的仍是上次的三个人，船一靠岸，便上来详细地打听死者帮厨的店家的位置。几个芜镇的百姓各怀心思，有人说店家在一个厕所的前面，但是厕所多的是呢，再具体问，答话便支支吾吾了。还有人说清了店的位置，但并不告诉来人从码头那儿怎么能走到，这就等于说"沿着这条路，你一直能走到罗马"一样，等于是白说。有一个年轻的来人瞅准了一个拾脚下烟蒂抽的人，悄悄地拉了他的手走到一旁，将一张钞票塞入他的袖筒。这人只觉得那黏糊糊的钞票像条名贵的鱼一样轻轻咬了自己一口，喜得直咽唾沫，又怕被同镇的人察觉，便将掖了钱的袖筒有意地一抬，钞票很妥帖地落到腋下。他迅速地又落下胳膊用腋窝夹住钞票，感觉就像一个美丽的新娘入了他的洞房。他给异乡人使了个眼色便朝前走，那三个人便尾随而去。带路人夹了钱的那侧臂膀一直紧紧贴着腰身，动也不动，另一只胳膊却是挺活跃地摇摆着。不和谐的走态使他常常顺了拐，沿路跟着的人便嘘嘘地笑。到了店家门口，带路人便飞快地闪进一条小巷，其中那个年轻气盛的来人先声夺人地一跃将店家的幌子扯下来，几脚便踹零碎了。店主正招待几个欲离开芜镇的鱼贩子，爆炒腰花的鲜味从灶房飘溢而出。一见门前来了那三个气势汹汹的人，且又认出了是上次来接尸首的，店主便已经明白了七八分，慌忙吩咐家人从园子中的菜窖里将木板、布匹、油漆、机器的配件一一给搬出来。围观的人在渐晚的天色中每看见一样东西被搬上来，便"嘀咦"一声，来人一一清点着东西，待他们发现从菜窖搬东西的人不再下去时，就叉着腰问店主："完了？"

"完了。"店主说，"就这些。"

来人中的矮个子似有些不信地踅到菜窖门口，像只蛤蟆一样趴着往里面瞧了瞧，大概瞧出了什么异样，便沿着梯子下到窖里，大家都敛声屏气地等着他上来。过了好一会儿，他才垂头丧气地拖着一条生锈的铁链上来了。

店主忙说："这是拴狗的链子。去年狗得瘟病死了，家里的孩子天天哭，见了拴狗的链子就嚷着要过去的狗，没法子就把它扔到菜窖里。你们若是不嫌弃，也拿走吧。"

来人也不客气，将那条本不属于死者偷来的拴狗的链子也拿走了。店主小心地赔着笑脸，心疼地看着被糟蹋了的幌子。三个来人分别将这些东西掮在肩上，一样不落地扛到岸边，稳稳当当地放到小船上。其中油漆桶大概封得不严，淌出一缕明朗的天蓝色，染蓝了那个年轻人的手。船在暮色中左右摇晃了几下，就像个老妪似的颤颤巍巍沿江而去了。划船的声音听起来怪单调的，江面上跳荡着一些星光。

有人说:"这家真是有本事,把偷来的东西又当成自己的了。"

"人就是为这些东西死的,死也要把它们弄回去啊。"有人叹息。

店主并不是个慈眉善目的人,虽然他招揽生意时老是笑眯眯的。他原先在卫生所当医生,给一个孩子下错了药方,使患者失聪了。他受了处分,心里窝火,说当医生不是人干的事,就辞职开了饭店。几年下来,把张挺白净的脸吃得跟猪头一样赤红,而且瘦削的身板也一去不回,腰肥体壮,人仿佛陡然矮了一大截。本来帮工死后他也无心贪恋这些偷来的东西,他的腰包并不短这点不吉之财,但一想死者的亲属若不要,留下也无妨。哪料到这几个人不畏辛苦,一路撑船来索债,让芜镇的人看尽笑话,使他威风扫地,心里别扭得很。那一夜他喝了过多的酒,找碴儿打了孩子一顿;不过瘾,又打了老婆。他老婆哪是等闲之辈,哭得昏天黑地的,直说要投江,慌得他散了七八分的酒气,小心给老婆赔不是,挨到天明,吩咐家人做一顶簇新的幌子,自己去打听那三个是如何找到他家的。

他寻到美奴的时候,美奴刚好要出门上学。

他说:"美奴,那天你也站在我家店门口看见了,是谁把那三个人引来的?"

美奴鄙夷地从牙缝迸出一口气,没搭理他。

"咱们芜镇姓陈的只有你我两家。"他套着近乎。

美奴说:"告密那是人干的事吗?你想让我自己恨自己?"

"你不说也算了,不要出口伤人。"店主有些气急地说,"我找别人也能打听出来。"

129

美奴白了他一眼，把院门锁好去学校了。她可不希望母亲再出来乱转。她神志又不清醒，水井、闲散的牲畜、冒冒失失骑自行车的孩子以及那条青凛凛的江，都很容易伤害她。美奴可不想让她出什么事。

那一天很平静，直到第二天早晨起来，美奴惯常到码头去溜达，才听人说那个带路的人家的猪被人给毒死了。猪才百八十斤，秋后正是抓膘的时候，血又没放出来，肉是没人稀罕吃的了。一家老小哭得脸皱皱巴巴的，哀叹过年的好嚼倏忽间云烟袅袅。想想做过的亏心事，越发悔得不行，那塞到他袖筒里的钞票，不过两元而已，半壶散酒都打不回，买盒火柴并一根小蜡烛烧烧自己的秽气倒是绰绰有余。美奴闻讯后回家对母亲说了，只当是自言自语，并不期望得到什么反应，不料杨玉翠忽然说："人为财死，鸟为食亡，自古就是这个道理。人老是想着报复人，就不会活得舒服。他真是丢尽了陈家的脸。"

# 七

秋霜凝结在菜园的枯枝败叶上，宛若涂了一层光滑的蜡。美奴去厕所时滑倒了，爬起时忍不住骂了一句："贼溜溜的霜！"

码头照例还是要去的。像那些艳俗的标语一样东一条西一条出现的朝霞，仍然能时时勾起美奴想往里面填字的愿望。鱼汛彻底过去了，偶尔看见一两只船经过芜镇，美奴便在岸上向船招手，心中仿佛存了千言万语要诉与陌生的船主。几场秋雨过后，江心岛上那片丰茂的水草被悄然淹没了，江面真正是汪洋一片了，那些知寒的水鸟早已不知去向了。北码头的货场静悄悄的，偶尔可在地上寻到两三粒装货时遗落的玉米，美奴拈着玉米，就像拈着刚逝的灿烂的夏天一样。

　　美奴从岸上眺望家院的时候，常常想起往昔的生活情景。母亲精神健康时，每到这种时令便开始收拾酒馆了。刷墙、糊棚、盘炉子、修理桌椅，然后再把各种器皿酒具擦得亮闪闪的。每每觑见银白的浓霜凝结在屋顶上，她就要兴致勃勃地说："好日子快来了。"她指的当然是冬天了。于是一家人帮着她采买，有一次父亲撑着小船到下游的一个城市为她办货，船回来时载着两大桶香喷喷的烧酒，还有漆木筷子、牙签盒，以及茴香、花椒、桂皮等调料，船头还放着盏通红的灯。杨玉翠问买灯做什么。美奴的父亲说是做酒馆的幌子。于是，别人家的饭馆都吊着老面孔的幌子，只有他们家的小酒馆挂的是一盏圆圆的红灯笼，仿佛一张笑意盈盈的娃娃脸，冲着南来北往的客人笑。一到雪天的傍晚，那酒馆就美得无法形容。红灯亮着，雪落着，酒馆的小屋隐在雪里，那些运木材、倒套子的男人就搓着冻得发僵的手来寻温暖了。那时母亲就忙得不亦乐乎了，她笑意盈盈地把酒烫热，然后把事先做好的小菜，诸如五香花生米、盐渍黄豆、辣椒雪里蕻、酸菜心一样样地摆到客人面前。她衣着洁净，皮肤白里透红，头发总是梳得又光又亮，她的话并不多，但却能使所有的客人都喜欢她。那时每逢下雪，白石文就围着条驼色围巾来喝酒了，他一向坐在靠窗的位子，从那儿可以望见码头下的江，那时的江已经封冻了，雪一场一场地覆盖在上面，白茫茫的。白石文的酒喝得并不多，而且只要两样小菜，美奴的母亲私下常说知识分子清贫，虽然他并不拖家带口，但是那点微薄的工资是不能让人过滋润日子的。白石文来自大城市，是自愿来芜镇的。他初来的那天镇长亲自带领几个老师和学生去码头迎他，还咚咚地敲着一面鼓。鼓声一尽，白石文就入乡随俗了。美奴的母亲那时常常在白石文离开酒馆时塞给他一些吃的东西，白石文推托着，但总拗不过她的热情和好意，也就谢着收下。父亲第一次去酒田运玉米的时候，白石文还在一个礼拜天来帮助母亲收拾酒馆，晚饭也在美奴家吃的，臊得美奴一直盯着盘子边上漆着的蓝蝴蝶，久久不肯抬头。

杨玉翠倒是知冷知热，天一凉她便穿上了毛衣。每当她清醒些的时候，她就去找白石文，去他的单身宿舍，回来时便一副心满意足的神情。美奴觉得母亲的这种举动真是丢尽了人，使她在同学和邻居中抬不起头。芜镇的百姓见了她便话中有话地问："你妈妈好了吗？常能看见她出门了，你爸从酒田回来不知怎样高兴呢！"

美奴便羞红了脸说："她还没好利索，她并不知道她都做了什么，她失去记忆了。"

"她的脸色可是好看多了。"别人强调说。

每次她从白石文那儿归来，美奴都要说："你老去他那里干什么，人家背地都讲你，这多不好。"

她一昂头满不在乎地说："我又不认识这镇上的人，他们凭什么讲我，不让我舒服？"

"可是你总认识我吧，我是你女儿，我不愿意别人老是对着咱们家指指点点。"

"嗨。"她微微叹口气，充满怜爱地抚摸着美奴的头发说，"我真的不知道这是怎么了,忽然间有了一个你这么大的女儿,还有这房子,这房子里蠢笨的家具,还有去酒田的丈夫,都成了我的了,我糊涂死了。"

美奴气得连哭的心情都没有了。起初她还试图看住她,但她机敏极了,几乎美奴每天清早去码头,她都要趁机溜出去,有时美奴回来恰好撞见她也刚回来。美奴不给她好眼色,她也知趣地默不作声。

美奴班上有个叫张多多的女同学,个子很高,并不漂亮,但她却自以为有倾国倾城的美,上课时老是故意迟到两三分钟,以期供人观赏。通常老师刚讲一两分钟的课,教室的门便被人敲响了,大家都知道是张多多来了,也就不觉奇怪。张多多被应允进来后总是使劲把门多带几下,仿佛不如此那门就不严实似的,这样大家得以看到她那忸怩的作态。她走向座位时老是用手护着书包,踮着脚尖,一蹦一蹦的,像根会走动的弹簧。若是她穿了新衣服,那么她就会足足迟到一刻钟。美奴嫌她嘴碎,又嫌她面目可憎,因为她的眉翼一侧生了不少雀斑,所以平素并不与她多话。张多多似乎看上了刘江,她老是找机会和他说话,端肩扭胯的,呈现着一股植物过分早熟的妖冶之气。刘江对她却是爱理不理的,似乎已把她当成了煮熟的鸭子,反正飞不掉,什么时候想要便顺手拎来。而张多多也看出了刘江对美奴的兴趣甚于自己,正愁无处撒气,有一日撞见美奴的母亲夜晚时从白石文的宿舍出来,就把这消息广为传播,还按她那自作聪明的想象添油加醋地说美奴的母亲走路有些痛,人就像散了架一样。芜镇那些好事的老女人就嘿嘿地笑着说:"一个白面书生,有那么大的力气吗?"

美奴闻讯后在一个课间休息时把张多多叫到一处僻静地方。

美奴一改平日温柔表情,她忽而一把揪住张多多的衣领说:"以后你要是再说我妈妈,我就把你剁了喂江中的大马哈鱼。"

张多多比美奴整整高出半头,她俯视着美奴,鄙夷地说:"你妈妈是个破鞋篓子,应该把她剁了喂大马哈鱼,只怕鱼也嫌她臊,不愿吃她。"

美奴便跳起来去打张多多的脸。谁知张多多竟那么爱脸面,张牙舞爪地用手护着脸,生怕还手时美奴尖锐的指甲会划破她的面皮。这使得美奴得以有充分的机会教育张多多,她拧红了张多多的耳朵,还薅下了她的一绺头发。张多多爹一声妈一声地叫唤不停,仿佛一条将被勒死的狗。她们的厮打叫骂很快招来了围观的同学,尽管上课铃声响了,她们还没有罢手的意思。

有一个男生幸灾乐祸地说:"要是两只母鸡天天斗一架多好。"

大家并不拉架,只待老师来解决问题。后来白石文旋风般地赶来,双方才松了手。张多多口口声声说要把美奴送到城里的监狱去。

"她是个女流氓!"张多多哭着下了结论。

美奴被叫到班主任办公室时一直低着头。白石文捏着根粉笔反复敲着桌面,面目冰冷。

"说吧,陈美奴,你为什么打张多多?"白石文说。

"我就想打她。"美奴说,"不为什么。"

"你今天的这种举动真让我吃惊和失望,你知道你像个什么样子?"白石文声嘶力竭地说,"我知道你不容易,你爸爸去酒田运玉米了,家务活都得你干,又要照顾你妈妈,可你也不能平白无故打人啊。"

"你别提杨玉翠。"美奴冷冷地咬着牙说。

"你怎么直呼她的名字?"白石文颤声说,"她是你妈妈啊。"

"是吗?"美奴仰起头,微微地嘲讽地一笑,她盯着白石文的眼睛,她很奇怪自己已经不怕他的目光了。

"下星期的班会上你必须给张多多道歉。"白石文说。

"必须?"美奴冷冷地反问着,她一字一顿地说,"在陈美奴的词典里,没有'道歉'这个词。"

美奴"嘭"的一声关上了办公室的门,门楣上的尘土被震落下来,眯了她的眼睛。她揉了几下,眼前便黄灿灿的一片,宛若那夜她在码头透过纸钱所看见的月亮。

# 八

美奴盼望芜镇尽快出点什么事,死个人啊,谁家生个畸形儿啊,或者突然由谁踩响一颗战乱时埋在深山的地雷"轰"的一声响,或者谁家的夫妻打架闹到街上,或者谁家塌了房子、失了火,哪怕有一件意外的事情发生,都会缓解一下人们对杨玉翠的注意。可是芜镇是太寂寞了,早上七八点钟,男人们才揉着惺忪的睡眼晃出家门,看看猪、鸡、鹅、狗,再看看荒芜的单调的菜园,然后再看看天天出现的太阳,便茫然得不知东西南北了。女人们打着呵欠步态迟缓地抱柴点火,蹲在灶坑前看着火星旋转,常常能使她们想到鱼上网时的情景。十月大约是芜镇渔民最自在最无聊又最滋润的一段时光。因为这是一段两场鱼汛之间的空白地带，接下来十一月封江之后还会有另外的鱼汛到来。这段空白也可看成是一张柔情撩人的床，因为只有这时他们才有充沛的时间和体力享受床笫之爱。难怪他们早晨起来总是无精打采，全然没有了鱼汛时的那种兴奋。他们那时早出晚归，肉体和精神全都归给了鱼。鱼一走，他们又回到了人的日子。开始几天是兴奋，心满意足之后，就未免觉得有些单调了，所以就渴望从别人的风流韵事那里提提兴致，杨玉翠和白石文无疑给他们饱食终日后的生活注入了一针兴奋剂。

美奴几乎不敢看芜镇人的脸，她觉得所有的人都那么可恶，都像长着蛆虫的腐肉。她已经旷课三天了，不是她想看住母亲，而是她不想看见白石文。虽然他的肚子不再发出那种可耻的咕噜声了，可美奴觉得可耻又回到了他身上。

美奴那天在清晨的码头看见了白石文，看来他是特意来等她的。码头凉得很，薄薄的水汽在江面浮游，没有朝霞，阴霾满天，一派烟雨蒙蒙的气象。白石文沿着江堤的水泥台阶走来，大约穿了双塑料底布鞋，脚步声很清脆，仿佛他一路踩碎薄冰而来。

美奴看了他一眼，便把目光投向江面。

"你不给张多多道歉也就算了，怎么不去上学？"

美奴将一颗石子踢下江岸，石子"笃"地落入水中，再无声息了。

"没有渔船，江就没有看头了，是吗？"

美奴又将一颗石子踢下江岸，石子"笃"地落入水中，看不见激起了水花没有。

"你一定听见别人的议论了。其实你妈妈并不是他们想象的那种人,她只是要和我在一起说说话,她憋闷得很,你爸爸又去了酒田,她也没了酒馆。我们都应该帮助她。"白石文朗诵抒情散文时用的正是这种语调。

美奴还是没有搭话,她把第三颗石子踢入水中。

"你怎么不看着我?"白石文半是乞求半是命令地说,"我难道真的让你瞧不起吗?"

美奴不再往江里踢石子,她只是对着江淡漠地说:"我一看见你就会想起那个异乡人的尸首,真让我恶心。"

白石文是什么时候离开江岸的美奴并没注意。她只是觉得看江水晕了眼,打算看点别的东西时,转身便发现江岸只剩她一人。不久,细雨纷纷而下,江面更加雾茫茫的了。几条狗撒欢地朝各自的主人家奔。

美奴回家时母亲还没起床。她披头散发地睡得很香,面色红润,像个婴儿。美奴正准备做早饭,镇长打着一把黑伞湿漉漉地来了。镇长来,肯定是有事。他穿着普通的白线汗褂,胸前油渍点点,也许喝汤时溅上的。

"美奴,你妈还在睡着?"他收束伞,将它放到墙角,一片雨珠便落下来,他说话的声音压得低低的。

"嗯。"美奴答应着。

"美奴,我是你长辈,我看着你长大的,知道你是个懂事的孩子。你爸爸去酒田运玉米,那是代表咱全芜镇的人去的,那叫出国哇。你妈妈打去年病了以后,谁不跟着惦记?"

美奴有些困惑地看了镇长一眼。他的两只小眼睛分得很开,大鼻头，一副引人发笑的神态。

"你妈妈这一段时好时坏，我也看在心上了。你又要上学，又要做饭干家务，忙不过来，这我也都知道。"镇长像鹅一样，伸长了脖子朝里屋望了望，大概想看看美奴她妈有无反应，他接着悄声说，"白石文老师你是知道的，他大学毕业自愿来咱芜镇，还是名牌大学的学生，住过高楼吃过馆子喝过自来水的人，来咱这儿多不容易！"

美奴接过话茬有些嘲弄地说："是啊，当时你还领着我们去码头接他，敲着一面鼓，把江心岛的水鸟全吓跑了。"

镇长"咳"了一声，不置可否地说："咱们芜镇就这么一个大知识分子，可不能让他走了啊。你这一段不上课也好，正好在家看住你妈妈，别让她去——"他止住话，说："你爸爸封江时就该回来了，那时就好办了。"

美奴只觉得耳根发热，仿佛外面不是下雨，而是下火。镇长那副手足无措的奴才相真让她生厌。难道是白石文找了镇长，说妈妈勾引他、缠他不放？要不就是镇长自作主张来的？

"你怎么不去找白石文，告诉他别给我妈开门？"美奴冷漠地说。

"我原来也打算找找他的，这样对他也不好嘛，是不是？影响他的名誉和前程。可我不知该跟他怎么张口，你知道他喝的墨水多，他有一大堆的话要反驳我，我能听那反驳吗？"镇长的语气高昂起来，仿佛一条狗啃完肉骨头后得意扬扬地扬起尾巴。

"我妈妈她没有错，她想找谁就找谁，除非别人不让她找。我就是不上学，也不想看住她。"美奴这话很有点报复的意味。

"你看美奴，你怎么生气了？"镇长张口结舌地说。

"我们还没吃早饭呢。"美奴指了指锅灶，下了逐客令。

镇长有些愠怒地去提墙角的伞，抖了几抖，推开门，雨声唰唰地飘进屋子，音乐似的。镇长正欲撑伞离去，杨玉翠忽然倚着门框出现了，她故意拍了一下门框，引起了镇长和美奴的注意。她说："那开船的是代表全镇的人运玉米去了，还是代表全镇的人搞女人去了？"

镇长一蹙眉，使两只眼睛之间的距离缩小了，形似惊弓之鸟。

"你刚才那些话不该跟一个孩子说。"她指着镇长骂，"牲口也不那么说话！"

镇长哆嗦着泛紫的嘴唇，脸色蜡黄，仿佛一个不会水的人，被人给扔进了汪洋中的独木舟上，害怕极了的样子。

"你这是又明白了……明白了……"镇长语无伦次地嘀咕着，慌里慌张地连伞也忘了撑，一头钻进雨里，他在雨里还听见背后传来一个女人放肆的笑声。

"这有什么好笑的？"美奴心想。她蹲在灶前点火，柴火淋了薄雨，不好着，一股烟缭绕而出，呛人得很。

杨玉翠哈哈笑着说："还算个镇长呢，屁大个胆！"

美奴厌恶地说："你还偷听别人的谈话。"

杨玉翠说："我真没想到你能为我说话，冲这点来看，你真是我女儿。"杨玉翠忽然有些失落地说："唉，他们欺负我是外来人，我以前生活的镇子人们都很客气。"

美奴讥讽地说："是吗？你以前生活的镇子在什么地方？其实我是不赞成你去白石文那里的，这太丢人了，我都没法见人了，见江

139

和太阳时都觉得没脸。"

"我又没伤着江和太阳。"杨玉翠嘀咕着,叹口气说,"唉,美奴,你该上学还是上学去吧。再过不久雪就该来了,我会待在屋子里给你烘炉子的。"

美奴的眼里噙着泪花。她想,人怎么这么让人讨厌,生病,吃喝拉撒睡,养鸡养狗,互相讲究,她烦透了。如果不是想到生下她的人就是面前这个面目浮肿的女人,她真想给她一巴掌让她闭上那张喋喋不休的臭嘴。

# 九

雨后的第二日黄昏,落日尽了,码头上仍然有几条散淡的人影和野狗。银灰色的江面忽然出现了船的影子。这船越来越近,不像是路过芜镇的,而是要来芜镇的,因为船朝岸上来了。那船被无边无际的暮色笼罩着,船身的色彩越发显得沉重了。船近岸时,人们发现又是那条接外乡人尸首的木船,它已经三访芜镇了。来的也还是原来的三个人,个个面目严肃,其中一个年长的大约怕冷,穿了件驼色毛背心,背心的领口开了线,几道曲曲弯弯的毛线跳花般地缭绕在一起。

他们上了岸便直奔北码头而去。三个人高矮不一,步态却一律迅疾。岸上的围观者便饶有兴致地跟着他们走,狗也跟着,忽前忽后的。他们到了北码头就直奔打更人的小木屋去了。沉沉的暮色中,打更人叼着一支烟若无其事地出来了,待他发现来的竟是上次寻事的三个人，心中不是明白了八九分，而是明白了十分。他很殷勤地打着招呼："来时提前捎个信多好？我好在家备点酒肉。不过这也不要紧，赶快跟我家去，咱们宰只鸡吃。"

打更人笑着寒暄，而脸上的肌肉却哆嗦着，他召唤其中一个与他较为亲密的围观者："帮我看一会儿码头，我得回家招待贵客了。"

于是打更人满面堆笑地在前面引路，三个异乡人默不作声地尾随其后，芜镇的百姓和狗跟在最后，一行人在稀薄的夜色中朝打更人家去了。到了院门口，打更人便招呼老伴："孩子他妈，快出来宰只鸡，家里来了贵客了！"

打更人的老伴原先是开豆腐坊的，也许是豆浆和豆腐的滋养，很丰腴，也显少。她一见了面前的三个人便明白他们找上门来为了什么，连忙唤儿媳点火烧水沏茶，她自己则提把菜刀去鸡架前摸鸡。鸡在窝里吱吱咯咯地东躲西藏着，但还是有一只因为肥美而挨了刀。一家忙成一团，仓房里尚未腌透的鸭蛋也被湿淋淋地捞出来了，最后几个放在破棉絮中被捂得通红的柿子也被切成花瓣形，撒上白花花的白糖。三个异乡人也不客气地围着桌子坐着，喝茶抽烟，乱弹烟灰，还把痰吐在擦得很干净的地上。人们透过窗户看见昏黄的灯光下三个异乡人像老太爷一样盘腿坐着，而打更人则孙子般地忙来忙去。后来其中的一位觑着眼看着灯说："怎么这么暗？"打更人便连忙从箱子里将年三十才舍得点上一宿的二百瓦的大灯泡拿出换上，屋子便明得像火山爆发了。手脚麻利的女人们很快使桌上堆积了菜盘，锅里也飘出炖鸡的香味，馋得围观的人直流涎水，也生出几分惆怅，看着他们一团和气，想想也许这仗夜里打不起来，也就回家漠然地睡了。

141

美奴来到岸上的时候看见异乡人拴着的木船安静地享受着月光的照拂。江面白极了。她沿着南码头一直走向北码头。货场那边静悄悄的,她又想起异乡人丑陋的尸首,如今那尸首肯定已变成泥土中的几根白骨了。美奴走向相挨着的集装箱,箱与箱之间隔着一米左右的通道,她转迷宫一样左转右转,竟然不得要领走不出去了。她想这也许便是货场管理人员精心设计的陷阱,如果真的来偷东西,出去也困难,正在她有些惊恐的时候,她忽然发现一只集装箱的下面坐着两个相依相偎的人。美奴的脚步声使他们分开的瞬间,她认出了那竟是刘江和张多多。张多多见到美奴号叫了一声便站起来,她的脸仿佛涂了层青漆,可怖极了,嘴巴和鼻子都很夸张地扭曲了。张多多气急败坏地指着刘江的鼻子骂:"你一晚上约两个人,还说你爱我!"说着,便哭哭啼啼起来,哭声也那么矫揉造作。

"他还说要为了我投江自杀呢。"美奴不无嘲讽地对张多多说。

张多多又号叫了一声,这回顾不得哭的美感了,声音锐利极了,像雪亮的小刀子一样划破这沉寂的夜。

刘江站起来,他晃晃肩膀,对美奴说:"你他妈真是蠢,写在纸上的话也当真。你以为我会为你死?就为你这张脸蛋?"

美奴气得浑身颤抖,她一句话也说不出来。张多多听见刘江对美奴那毫不留情的话,心中的怒气早就跑了大半,哭声也不无所顾忌了,细细地哭,哭出一种惹人怜爱的旋律来。美奴低着头,骂了一句"无耻",就沿着一条通道朝前走。很奇怪,她这回竟没有七绕八绕,顺利地出了货场。

美奴回到家时仍然气得牙齿打战,眼皮也跟着起哄似的跳。母亲又不在家,夜不算浅了,她一定又去白石文那里了。美奴想起母亲便气上加气。如果不是因为她，美奴不至于和张多多厮打在一起，不至于不去上学，白石文也不至于遭到别人的非议，镇长也不会来劝她看住母亲。她是祸根，不仅是他们家的祸根，而且是整个芜镇的。

美奴站在镜子前望着自己，她宽额头，头发又黑又密，眼睛又明又亮，小巧的鼻子恰到好处地使脸蛋两侧的美人沟更加柔和，如果不是因为愤怒面目有些紧张外，她的美几乎无可挑剔，这种美也是那个叫杨玉翠的女人给予她的。但她不会因此而减轻对她的仇恨。父亲也许已经到了酒田了，他上了岸果然会去坐酒馆吗？

美奴关上门，踏着夜色去白石文的宿舍。大多数人家已经熄灯了，没熄灯的几座房屋就像黑夜中几朵妖冶的花在开放。白石文的宿舍在学校的西侧，很矮的一间屋子，过去敲钟人曾住在这里。美奴远远就望见了那儿的灯火。她走向窗口，她还记得也是这样一个夜晚，她悄悄把鸡内金放到窗台上。那时窗台黑着，而现在却亮着。透过窗户，她看见母亲坐在老师对面的一把木椅里，歪着头，满目温情。白石文坐在另一把椅子上，不停地说着什么。母亲频频点头，还不时抿嘴笑笑，完全像个不更世事的孩子。美奴心中的怒火燃遍全身，她毫不犹豫地推开门，像神话中闹海的哪吒一样英气勃勃地出现，可惜她手中没有拿戟。

"美奴，你也坐下来听听，这故事有意思得很，三块黄米饼子就换回了一个俊俏的媳妇。"杨玉翠眉飞色舞地说。

白石文有些尴尬地起身给美奴让座，美奴并不正眼看他，她只是对母亲说："你还想让镇长第二次去咱家吗？"

杨玉翠的眉梢掠过一丝不快，她叹口气说："这个镇子的人怎么一到晚上就管我,我还不想睡呢。"

白石文说:"那就回去吧。"

杨玉翠有些依依不舍地说:"人和人在一起说说话可真敞亮,明天我还来。"

白石文送她们母女出了门。美奴一直飞快地走在前面,她听见母亲半是小跑地跟在身后。进了家,美奴闩好门,杨玉翠累得满面绯红,她气喘吁吁地倒在炕上。她说:"美奴,你今天怎么这么大火气?"

"你别跟我说话,我恶心。"美奴说。

"听说那三个外乡人又撑着船来了?索了什么东西走了?"杨玉翠问。

美奴心想,你那耳朵倒挺机灵的嘛,什么事都知道,看来是装疯卖傻,这就更加让人生厌了。

"人家给摆了酒席,还炖了鸡,正吃着呢。"美奴忽然又很想跟她说话了。

"那他们今夜要留在镇子里了?"杨玉翠一骨碌坐起来,颇为精辟地说,"他们这是秋后肚子里缺油水了,来这里开荤过年!你看吧,非要吃上他两三天不可!"

美奴说:"那就是存心糟践人家来了?"

杨玉翠从鼻子里"哼"了一声,"连吃带拿,看着吧,走时也不会空着手。"

美奴也从鼻子里"哼"了一声,算是附和了母亲的话。

那一整夜她们再无话可说。两人相安无事地躺下,睡得很舒展。第二天早晨美奴一醒来,杨玉翠就对她说:"我梦见咱芜镇的天空压着一片很大的黑云彩，许多女人包着黑头巾在一起收拾一条破船，还笑着，你说收拾破船有什么好笑的呢？"

美奴并不在意地"哦"了一声，便惯常地趿上鞋去码头了。

## 十

三个异乡人果然住在了芜镇。打更人暗地里找到镇长，希望他能出面赶走那三个无理取闹的人。胆小而聪明的镇长一梗脖子说："那他们下次不就冲我来了？你就担待着吧，码头那儿我找人给你打替班。"

打更人自认晦气地接着宰第二只鸡，秋后仅存的一点新鲜蔬菜也吃空了。那三个人在他家大模大样地进进出出，比主人还主人。散酒不喝，非要喝瓶装的，烟也要抽带过滤嘴的。打更人真像是起了满身的热痱子，挠又挠不得，可不挠浑身又痒得难受。气得他趁去厕所的当儿暗自骂那三个人的祖宗八代，咒他们船毁人亡。

因为不上学了，美奴已经不记得星期几了。当她从码头回家时，她发现白石文在家里，母亲已经梳妆完毕站在灶前淘米了。

"真是胆大包天，一清早就来我家了。"美奴心中想着，踢翻了板凳上的水盆，水珠溅到白石文的裤子上。

"美奴，今天周日，我来和你们一起过，我想帮你补补课，下周你该去上学了。"白石文并没有在意裤子上的水珠，他俯身拾起水盆。

"我不想补课。"美奴说，"不用你来操心我。"

杨玉翠将米下到锅里，说："美奴，怎么这么跟老师说话？"

美奴瞪了母亲一眼，"你少管我！你不是说我不是你女儿吗？去酒田的人也不是你丈夫吗？好，你就是你自己，我也就是我自己，别想教训我！"

杨玉翠忽然呵呵笑着说："你是不像我生的孩子，怎么有这么火爆的脾气？将来可别嫁个屠夫。"

美奴气急地来到院子。她这才发现门外的障子边已经聚了三三两两的人，正对着她家的房子指指点点，其中有个好事的老女人神秘地笑着说："我一大早就看见那白面书生在这院子走动，看来是在这儿过了夜了，美奴睡在哪儿呢？"

另一个更好事的险恶地说："连闺女一起睡呗。"

美奴捡起一块砖头冲出家院，哭着怒喊着："你们这些老母狗，快滚开，离我家远些，不然我就用砖头给你们的脑袋开瓢！"

这话果然管用，围观者叫嚷着飞快消失了。美奴扔下砖头，觉得头疼得厉害，她是否会像母亲一样突然失去记忆？而恢复记忆又如此时断时续地艰难？她恐怖极了，她空着肚子再次来到码头，她独自坐在江堤上，望着江水。川流不息的江上没有船的影子，江才真正自由起来。水声很温存地响着。美奴重温着渔民们给雌马哈鱼剖腹的情景。银白的鱼皮向两侧抖动着，突然就出现一汪金红色的东西，犹如灰色天边的一场日出。那时候岸上到处是鱼腥气，人来人往的，一会儿靠岸了一条船，一会儿又靠岸了一条船，有人愁眉苦脸，有人兴高采烈，鱼贩子都跟着熬红了双眼。那时水鸟也在江上飞来飞去，它们跟着天色而改变自身的颜色。现在山已经苍凉寒瑟了，落叶沉积，江对岸的灌木丛原先宛如一片淡淡的绿云，如今却是一团浓黑的泼墨了。季节真是善变啊。季节也会突然丧失记忆吗？比如说春的花香鸟语就忘却了冬的凛冽苍茫，秋的高远空旷就忘记了夏的火热灿烂？

美奴望着江水，忽然生出了投进去的欲望。但这种绝望的念头很快勾引出了对于刘江字条上最后一句话的回忆，同时也想起了张多多，美奴便觉得投江的事应该留给可耻的人去做。在她看来，刘江、张多多、自己的母亲，还有芜镇的许多人都应该葬身江水，寂无声息地消失，芜镇没有了这种人她会舒服些。美奴便沿着死亡这条狭窄的胡同继续想下去，谁最该死，谁最迫切需要死，结果她的意识烘托出一个人，令她毛骨悚然，兀自惊出一身冷汗。她又深入追究这人的死于己于别人的好处，结果她又一次认定这人该死，她反而平静了。太阳升高了，江面波光荡漾，光与水交融的柔和色彩非常令她感动。

美奴正午回家时觉得一身轻松。她饱餐了一顿，和白石文也能心平气和地说点什么。他在清除酒馆拆除后留下的瓦砾，弄得满头大汗。

"看见它们，她就会心疼的。"他解释说。

"那就把它们全清除了。"美奴说。

"你爸爸大概该从酒田往回返了吧？船回来时可能会带回一些机器。"白石文说，"比如榨油机，镇长说明年要开一个豆油加工厂，咱这里自产黄豆，低成本销到外地，由别人榨了油再卖，不如自己榨油卖。油价又提高了。"

"也真是的，油水不能让别人白白占去。"美奴说，"日本的榨油机就真的好吗？"

"那当然了，他们生产的机器在全世界都是一流的。"白石文忽然又转换了话题，"你们马上要初中毕业了，说不定将来去城里上高中、考上大学，又能考上留学生呢。"

美奴笑笑，乖乖地坐在木墩上看白石文清除瓦砾。晚饭将临时，他已经把活儿干完了。杨玉翠为他打清水洗脸，他们又一起吃完了午间的剩饭。后来他说该回去备课了，不打扰她们母女了，几个学习差的学生家也该去家访了，就出了美奴家。美奴看见白石文的背影将要消失在小巷深处时，忽然大发善心而又恶作剧般地召唤母亲："快看哪！"

杨玉翠勾起脖子看了一眼，说："你老师就要拐弯了。"

"看见他的背影了吗？"美奴说，"好好看看。"

"一个人的背影有什么好看的。"杨玉翠嘀咕着。

"好好看看他的背影吧！"美奴再次强调。

白石文大约已经拐了弯，杨玉翠颓然收回视线，指着鸡窝说鸡瘦了，又埋怨厕所生的蛆虫："到处爬，爬到韭菜地里去了，我看明年的春韭怎么吃。"

"现在你就想着吃明年的春韭了？"美奴说。

美奴见母亲去喂鸡了，她用衣襟兜着捧粮食，嘴里噜噜噜地响着，像个顽皮的孩子在学打口哨。后来她又进菜园将豆角架上的枯败的蔓叶撸下来，堆在一起引火烧起来。通红的火苗同西天的晚霞各烧各的。最后都获得了相同的结局，火苗尽了，晚霞也尽了。暮色开始四处蔓延，有些微弱的景色看起来就似明非明了。

她们双双回到屋里，又在昏暗的灯下谈起了酒田。

"靠江和靠海的女人都长得好，可是江没有海大，所以海边的女人比在江边长大的女人更受看。"杨玉翠说,"芜镇靠江,酒田靠海。"

"所以酒田的女人就比你受看?"美奴说。

"兴许是吧,不然回来的男人们怎么总是念念不忘呢?你知道他们第一次从酒田回来,对老婆都爱理不理的,当初真不应该让他们去当船员。争着抢着的,拦都拦不住。"

美奴有些骇然了,母亲这番有头有序的话分明说明她此时理智清醒。

"那么——"美奴说,"你还记得咱家开的酒馆了?"

"美奴,事情一样样想起来真是费劲。我现在就惦记着芜镇还来不来鱼汛了,我想跟着船到江上捕鱼。"

"再来鱼汛时就封了江了,用不着船了。"美奴说,"我小时候是个什么样的孩子?淘气吗?"

"我认识你时,你就很大了。有时我也想想我生过孩子没有,如果有,那该是老早的事了,我一件也想不起来了。"

"其实没什么好想的。"美奴说,"你不想到码头看看吗?晚上时江面很好看。"

"又没有船,江面有什么好看的。"

"我们可以看看异乡人的那条木船,挺旧的,就在岸边靠着。"

"是吗?"杨玉翠说,"那咱们就去吧。不过我是不是该换身新衣服?"

"天都黑了,又没有人看见你。"美奴说,"何况这件淡紫色的软缎衣服很配你。"

美奴和母亲一同走出家门。走前美奴没有熄灯。她们沿着小巷朝码头走去，没有碰到一个人，连狗也没碰见，这使美奴觉得计划已经成功了大半。她们临近码头时美奴忽然停住脚步，她怯怯地叫了一声："妈妈——"

杨玉翠惊愕地站住了。

"你回头还能看见咱家的房子吗？"美奴轻声问。

"有灯的那间房子就是。"杨玉翠说。

"太好了，妈妈。有灯的屋子就是咱们的家。"美奴说，她为能使母亲永远记住一个有灯火的家而感到欣慰。

她们来到岸上，美奴找到了那条异乡人的木船。古旧的月光把船身照得泛出白光。

"我们解开这缆绳到江上划一圈吧？"美奴说。

"可是桨在哪里呢？"杨玉翠显然很有兴致。

"桨就藏在船上。"美奴跳上船，熟练地掀起两块舱板，将嵌在凹缝中的双桨抠出来，桨被人的手磨得又光又亮，经月光一照，越发亮了。

杨玉翠跳上了船。她坐在船头，痴痴地看着江面。美奴划着桨，将船荡入江心，船便掉入烟水之中。苍凉的水雾浮游着，水声再好听不过了。杨玉翠一直规规矩矩地坐着，连头也没回一下，那背影十分好看。待美奴觉得已经到达水最深的江段时，她忽然轻轻落了桨，敛声屏气慢慢走到母亲背后，母亲端坐着一动不动，美奴用力一推，船头那个经月光照得泛出微弱玫瑰色的穿淡紫色衣服的女人就落入江水中了，她连喊都没喊一声。美奴心下说："我推下的不是妈妈，是一个失去记忆的陌生人。"美奴哆嗦了一阵，这才手忙脚乱地继续抬桨划行。她朝岸上划去，她和船都湿淋淋的。待

150

她近岸时，她忽然发现岸上站着一个人，美奴害怕极了，但她只有靠岸了，她的手心被汗水弄得已经很难握住桨了。

原来是三个异乡人中的一个，是那个年老的穿驼色毛背心的人。

"是你啊。"异乡人说，"撑着我的船去江心了，我可看见了，你走的时候船上是两个人。"

"你想怎样？"美奴觉得牙齿打战。

"你知道该怎么办。"异乡人吐口唾沫说，"要是我说出去，你这一辈子全完了。看在你还没太长大的分上，放你一条活路。两千块钱，算是封住我的嘴巴，也给你自己买条命。"

"两千？"美奴机械地重复。

"对，再过五天，阴历二十一的时候，我来这儿取钱。"

美奴离开异乡人和他的木船，踉踉跄跄朝有灯火的家走去。

# 十一

芜镇的百姓围观杨玉翠的尸体是在清晨时分。尸体很体贴活着的人，她漂浮到了北码头装货轮的地方，很轻易被看守货场的人发现了。人们把她打捞上岸。奇怪的是她并不很浮肿，脸色泛出极滋润的白，只是她的头发全然散了，和货场的砂土黏合在一起。她半睁着眼睛，微微张着嘴，似乎想跟人说点什么。人们围着她，有点惋惜，也有点同情和悲哀。狗在人们腿间窜来窜去，有一刻还围着尸体嗅来嗅去的，尾巴自由自在地摇着。

待人们看得眼睛发酸的时候，镇长带领几个人闻讯赶来了。他老远就左摇右晃地冲着围观的人吆喝:"死个人也看个没够,有什么好看的?闪开闪开!"

大家就"轰"地散开了。

镇长三步并作两步走到尸体面前,俯身看了一眼,打了一个喷嚏,自言自语说着:"他妈的伤了风了。"接着吩咐同来的几个男人:"快把她放到舢板上抬家去。"

"她老爷们儿又不在家,家里就美奴自己,抬回去怎么办?"有人说。

"怎么办?"镇长一拧眉毛咽了口唾沫说,"就是横死的,也该打副棺材下葬,总不能用席子裹了她让她受委屈。"末了又低低咕哝一句,"这么受看的一个女人。"

"她怎么掉江里去了?"有人说,"是半夜出来的?"

"一个女人脑筋不好使了,什么事干不出来?"镇长说,"大家都乡里乡亲的,快帮忙张罗张罗,该打墓子的就去打墓子,这种女人不能过夜,今晚日头落山前就让她入土。"

于是大家七手八脚把杨玉翠抬到舢板上,男人们每碰一下她的手脚就要"嗨咦"一声。太阳起来了,阳光照着小路、码头、光滑的舢板和尸体,也照着每一处房屋。人们朝美奴家走去,美奴打开院门迎接母亲的归来。她的双眼出奇的明澈,肤色透明的白润。晚上她从码头回来时先是坐灯下哭了一场,后来居然平静地睡着了。早晨邻居的婶子前来报丧时,她已经没有泪水了。婶子为她扯了两丈白孝布,从头到脚把她用白布罩起来,使她看上去像个修女。

镇长忙三迭四地吩咐女人们做殓衣,又差人去唤两个木匠快来打棺材。木匠看了看美奴家存的一些木板，嫌太薄了。镇长说："她就是这么个薄命女子，将就着吧。"又打了一串喷嚏，兀自说着伤了风的话。木匠也就不再理论，两个飞快地刨木板。几个孩子捡着曲曲弯弯的刨花玩。快到正午的时候，豆腐坊送来两板热豆腐。镇长召唤干活的人把它们当点心吃下，豆腐钱自然由镇长先垫上。大家顾不得洗手，每人托着一块温热的白莹莹的豆腐舔着，豆乳的香味惹得孩子们围着大人的脚转来转去，很快那豆腐便不在人的掌心颤颤巍巍的了，它们进了人的肚子，人又闭上嘴巴干活了。正午过去后，棺材的形状已经初具雏形了，白石文提着一包饼干来了。他把饼干分给帮忙的大人，也分给孩子。他看了美奴一眼，美奴也看了他一眼，大家见了他越发沉默了，只听见锯声、斧声、泼水声以及狗低低的猞叫。下午两点多，棺材终于打好了，油漆工草草地涂了些漆，为了使棺材干得快，兑了过量的汽油，所以那口棺材的颜色是泛白的红。待到快入殓的时候，几个乳房松弛、眼圈乌青的女人忙三迭四地给死者穿殓衣，因为尸体已经僵硬，四肢不灵活了，所以穿出了她们一身的汗时，她们嚷："听话啊，伸好你的胳膊，穿上新衣才能上路哪。"

衣服穿完，又有人为她洗脸、梳头。当一个老女人用一把化学梳子梳理死者的头发时，美奴望着母亲那头乌黑的秀发，听着发丝在梳子的齿间发出的刺啦刺啦的声响，她的眼泪忍不住涌了出来。她一哭，女人们也陪着哭。哭了一段，该入殓了。镇长说："该看一眼的就再看一眼吧，以后再也看不着了。"

没人再看那个死去的女人，大家都站着不动。美奴也不动。

镇长清了清嗓子："没人看了是不是？"

大家把目光集中到白石文身上。白石文动也不动。

"那好，都不看了，咱们就入殓盖棺吧！"镇长吆喝抬尸首的几个人将人放入棺材。几条人影刚一挨近死者，白石文忽然一摆手说："别碰她，让我来——"

白石文从人群走向死者，他俯身看了看她，嫌她衣服的领子不平整，就动手展了展。大家屏住呼吸，只有狗哈哧哈哧地摇着尾巴乱转。展完了衣领，他又抻了抻她的袖口，大概嫌她的袖子短了些。白石文忽然将杨玉翠一把抱入怀中，大家齐声惊诧地"嘀咦"了一声。他抱着她，一步一步地走向棺材，然后轻轻将她放进去。人一入了棺，大家便看不见死者的形象了。只见白石文俯身前前后后又摆弄了她一番，大概想让她躺得更舒服些，然后直起腰漠然地看着手拿铁钉和锤子的盖棺人。盖棺人领会了意图走上前来，白石文忽然又俯身将一只手伸入棺材。他是又摆弄她的衣领，还是抚弄她的头发，或者是抚摸她的耳、眼、鼻、嘴唇、脸颊，人们不得而知，只知他下手的那个部位在死者的头部。盖了棺，一行人撒着纸钱，相互吆喝着便去坟地了。镇长预料得不错，丧事赶在日落前做完了。一辆马车拉着棺材，其后跟着一些东张西望的人，没出镇子的时候鸡、鸭、狗还跟着，后来鸡和鸭先败下阵来，狗跟到半途也索然无味地回来了。剩下了一些颜色黯淡的人，一直懒懒散散地跟到墓地，埋了人，日头也逼近江水了。

人们从墓地返回的时候，太阳已经不见了。天色灰白，江岸的码头一片喧闹，原来三个异乡人即将离开芜镇了。他们来时面有菜色，走时红光满面，仿佛在芜镇过了一个滋润的正月。打更人满面赔笑地前来送行，手中还牵着一条黑狗。一个中年女人扯着七八岁左右的孩子，孩子一直拖着鼻涕在哭。三个人上了木船，打更人便把黑狗的四足缚住，几个家人又用一张破渔网将狗罩住，用麻绳系紧了口，将狗扔在木船上。黑狗在这前前后后一直挣扎吠叫，待到上了船舱，那叫声简直凄厉不堪了。原来打更人已经宰光了家里的鸡，走时没什么给他们带的，只好将女儿家的黑狗献出去。那个与黑狗形影不离的孩子一见黑狗被扔进船舱，便在沙滩上打滚地哭，他母亲也跟着哭。异乡人划起桨，木船就渐渐离开岸边了。狗和孩子的声音都一样的悲凉。然而等木船湮没在暮色的江面上时，孩子也哭倦了，他由着妈妈牵着他的手磕磕绊绊地回家，口中却还不时唤一声黑狗的名字。打更人本想哄哄外孙，但一想到家中那铿明瓦亮的灯泡急需换下，也就不管童稚的伤心了。

## 十二

　　美奴关上门走向江岸时心里颤动了一下。以往她出门时家里总有人，父亲或母亲，她从来用不着锁门。她从墓地回来后便陷入昏睡之中，夜半时有人敲她的窗子，镇长嗓音嘶哑地喊："美奴，我刚想了起来，你一个人在家，怕你害怕，我给你找来个伴儿！"

　　美奴披衣下地，见冷冷的夜色中站着穿单裤的镇长，他的老婆连连打着哈欠挠着胳肢窝。镇长女人身上的狐臭在芜镇比镇长还有影响，美奴吓得连声说："我什么也不怕，你们快回去吧。"

　　送走了镇长夫妇，是下半夜了，静得很。若在初春，可以听见开江的嘎嘎声，而秋末的江水则静流无声。美奴迷迷糊糊复又睡去,忽见母亲直直地站在窗前,嘟哝蛆虫爬到了韭菜地里,她无法吃明年的春韭了。美奴心烦,便与她吵嘴,吵着吵着便醒了,惊出一身冷汗。想开灯,又怕吓跑了母亲;可不开灯,母亲又在暗处吓她。就这样睁着眼睛挨到天明。

美奴走向码头,江水是灰白色的。太阳还没有出来。有风从江面吹来,凉极了。没有船,一条船也没有。美奴在想那两千块钱的出处,如果能用纸钱支付就好了。美奴呆呆地坐在水泥台阶上,她觉得头痛极了。她记得母亲开始也是嚷着头痛的,一开始是阵痛,后来是一刻不停地痛,痛得人抱着脑袋撞墙。她乘船进城做了手术,头倒是不痛了,可人却变了个样子。美奴恐惧得用巴掌拍着嘴巴"哇哇"地叫着,试图以这种与小孩子逗趣的方式忘却疼痛。她正"哇哇"叫个不休时,突然觉得身后有人扶了她肩膀一下,她回转头,看见白石文站在面前。由于距离太近,她坐着,而他站着,所以美奴觉得他今天格外高大。

"美奴,过两天你上学去吧。"

美奴垂下头。

"以后不要起大早来江岸,这里太凉了。"

美奴还是垂着头,她微微打着哆嗦。她战战兢兢抬头望着白石文,结结巴巴地说:"你能借给我两千块钱吗?等我将来工作了一定会还你的。"

"你想离开芜镇?"白石文问。

"我遇到了麻烦,我需要钱。"美奴说,"别问我都干了些什么,别问了。"

白石文俯身将双手搭在美奴的肩头,美奴只觉得一股热流涌遍全身，她不能自持地抱住白石文的双腿泪流满面地说："我是个有罪的孩子。"

美奴感觉到她抱着的那双腿也在颤抖，他抚摸了一下美奴的头发，"我什么也不会问你的，如果你觉得委屈，就哭一场吧。钱我会借给你的，我相信将来你有能力还我。"

"阴历二十一之前你一定把钱凑齐给我。"美奴抽抽噎噎地说。

"那么阴历二十二的早晨我希望你出现在教室里，我盼望着能在讲台上看见你。"

阴历十九的黄昏，"青远号"沉船的消息由镇长带回芜镇。镇长东摇西晃着，未酒而醉的姿态。"青远号"从酒田港向回返时，在海上遇到了风暴，全体船员连同载回的脱粒机、手扶拖拉机、榨油机等同葬大海。"青远号"货轮中，芜镇的船员共有九名。当初为了能上货轮，芜镇的男人争先恐后，最后由航运公司筛来选去，才选走九名。他们离开了捕鱼的小船，到大船过起了拿月薪生活的让人羡慕的日子，可好日子竟如此脆弱，就这么"咔吧"一声断了。镇长不知该先通知哪家遇害的家属。他站在码头上，首先望见了美奴家的房屋，他蓦然意识到美奴已成了孤儿，疼得心里仿佛有条鞭子在不停地抽。他走进美奴家，美奴坐在灯下，正对着白石文借给她的两千元钱发怔。那钱摊在炕面上，面值多为十元五元的，一元两元的也有，钱大都皱巴巴油腻腻的，不知经过了多少人的手，仿佛一堆将被淫雨沤烂的落叶。

"美奴——"镇长沙哑地唤着，"美奴——"

美奴抬起头，她发现镇长的脸抽搐着，一副欲哭无泪的表情。

"从酒田回来的船沉了。"

美奴打了个寒战，她咬紧了牙齿。

"美奴，你不用担心，只要我当镇长，就保证有你吃有你穿，有你的学上，你别担心，将来你上高中上大学镇上都供，镇上不供，我自己供，你别担心……"镇长终于眼泪涟涟的了。

美奴突然"哇"的一声大哭起来，她哭倒在那堆又脏又破的钱上。

不久，一座房屋有了女人撕心裂肺的哭声，接着另一座房屋也传出了女人暴哭的声音。镇长每步履迟缓地走出一家，便留给一家孤儿寡母一片哭声。当他通知完所有遇难者的亲属，芜镇已经被哭声淹没了。那些仍然安安分分当着渔民老婆的女人，当初还因为自己的男人未被选上而怏怏不乐，如今这噩耗使她们觉得自己是天下最幸运的女人。她们出了这家又进那家，她们劝遇难者亲属都劝不过来了，何况又怎能劝得住？哭声使芜镇沉浸在有史以来最哀恸的时刻，没人注意到日头如何沉落江水，暮色又如何徐徐降临了。夜深了，哭声渐渐衰弱，新寡的女人有气无力地想着今后的生活。她们聚在一起商议如何跟镇长要抚恤金，子女的上学和就业该受到如何的照顾等等。八个寡妇聚在一起议论到夜半时分，想想前景黯淡，孩子都不立事，又念起已故男人的种种好处，泪水又纷纷而下了。

美奴整个夜晚都处于梦魇之中，一会儿看见母亲穿着淡紫色缎子小袄站在雨中，一会儿又看见父亲坐在窗前愁眉苦脸地吸纸烟。她不时地听到碗碎裂的声音和渔船归来的喧闹声。她在炕上像条被挂上网的鱼一样左右摇摆着，好不容易才在黎明时从梦境中脱身。

美奴起身时天色灰蒙蒙的，她头晕得厉害。她打开屋门，扶着门框呼吸新鲜空气。从她家的门口，可以远远望见北码头的货场。不久以前，"青远号"就泊在那里，那些金黄色的玉米洋洋洒洒地落入船舱。那是丰收了的玉米，灿烂的玉米，如今它们已经在酒田的码头上了，而运玉米的人却横尸大海了。美奴不忍心再眺望那个货场。她慢吞吞地走出院子，当她将要踏上去码头的小路的时候，从角落的柴火垛忽然传出一个女孩子细声细气的声音："美奴——"

那人从柴火垛扯着一条酱黄色的毯子站起身。她的头发乱蓬蓬的，脸色灰白，大概由于怕冷，说话时鼻音很重。

"张多多。"美奴吃惊地叫道。

"我半夜来和你做伴，怕把你弄醒，就没敲门。我想你要是害怕了肯定会出来喊人，我就睡在了你家柴垛上。"

"一夜？"美奴惊异地问。

"一夜。"张多多说。

"其实你不用来和我做伴。"美奴温和地说，"这是我的家，屋子里的一切我都熟悉，我怎么会害怕呢？"

"我家的母狗再过几天该下崽了。"张多多说，"等狗崽出满月时你去抱一只，挑你最喜欢的。"

阴历二十一的黄昏，美奴吃过饭就把两千元钱用块手绢包好，一个人悄悄去了码头。有一两条淡粉的晚霞挂在天边，它们已经无法勾起美奴往里面填字的愿望了。她走到江岸时觉得风已经很硬了，江岸的浅水开始结薄冰了。美奴坐在石阶上，望着脚下这条平静流淌的江。她目不转睛地盯着水看，看得她眼里也涌上了水，潮极了。暮色沉沉，有一些星星出现了，白日晴空下所见的那弯淡白的下弦月也变成柠檬色。美奴等待木船的到来。她猜想这次来的一定不是三个人，而只是那个穿驼色毛背心的人。虽然说亲戚归亲戚，可是钱总还是独自拥有的好。美奴这样想着的时候觉得身上透骨的凉。后来她终于望见一条熟悉的木船影子，它从苍茫的江水深处驶来。船上果然只有一条人影。美奴站起身，等着船靠岸，向芜镇靠岸，向她靠岸。她提起手绢包，站起身，她的头发被江风吹得向后飘起来。美奴从中取出一张脏兮兮的黏腻的纸币，将它罩在眼前，去看那弯月亮。黯淡的月光照着纸币，美奴从中看到了三个面目模糊的头像，大概是工人、农民和解放军，这让她有些失望，因为她更希望从中看出渔民的形象。更何况映在纸币上的月光，竟不如那夜她透过纸钱所见的好看。

# 白银那

## A1：冰排过后

  黑龙江在解冻时就像出鞘的剑一样泛出雪亮的光芒和清脆的声响。阳光和春风使得封冻半年之久的冰面出现条条裂缝，巨大的冰块终于有一天承受不住暖流的诱惑而訇然解体，奇形怪状的冰排就从上游呼啸而下。洛古河、北极村、大草甸子、兴安、开库康、依西肯、鸥浦直至呼玛和黑河这些沿江的村屯城市，无一不在回响着冰排游走时的轰轰声，仿佛上帝派驻人间的银色铁甲部队正在凯旋，而天庭也的确呈现出了一派迎接战胜者归来的喜洋洋的气息，无论昼夜都晴朗如洗，温柔的光芒四处飘荡。

  白银那是黑龙江上游的一个小村子，也许因为它规模太小，也许因为它的地名过于美丽，它逐渐像一条鱼一样在地图上消失了。一些在多年以前曾经到过白银那的人想要故地重游时都不免对着地图发呆：白银那哪儿去了？这时候熟悉那一带渔民生活的人会爽朗地告诉你："白银那还在，快去吃那儿的开江鱼吧，那里的牙各答酒美极了！"

随着冰排而来的是无与伦比的泥泞。白银那的每一条小巷都淤泥遍布、水洼纵横，这当然也是解冻带来的结果。人们在走路时不得不贴着障子边窄窄的干硬的土埂走，若是赶上腿脚不便和身体臃肿的人，这样走钢丝般的步态常常会使他们身体失衡，于是整个人就"噗"的一声栽倒在泥里，浑身上下被泥浆打湿。原想躲过泥泞不弄脏了鞋子，谁知因小失大，连衣服也脏透了。这样的笑料总能使觑见这一幕的小孩子们欢呼雀跃，因为他们从来没有被泥泞愚弄的经历，他们像燕子一样步态灵巧，而且他们也不怕弄脏了鞋子，反正有家长们为他们洗刷。

白银那小学的语文老师陈林月常常带领孩子们到江边来看冰排。沙滩还很凉，他们不得不蹲在那里望着江面。冰排在阳光下银光闪闪，晶莹剔透，有的敦敦实实的像熊，有的张牙舞爪的像狮子，还有的灵巧俊秀的像兔子。当然，大多数的冰块都像方方正正的盒子。孩子们便想象这盒子里装着许多神秘的东西，若是将它开启也许会蹦出花仙子、孙悟空、青蛙、海豹等什么的。

孩子们对着冰排叽叽喳喳地叫着，逢着大冰块被旁边的冰块挤压而撞碎的时候，他们就跳起脚来欢呼。陈林月也很喜欢看大冰块被撞碎的那一瞬间，碎银般的小冰块四处飞溅，水面被激起无数朵水花，那才是人世间真正的珠光宝气呢。

冰排缓缓地向下游奔流着，它们并没有在意它们经过的这个叫白银那的地方，它们甚至都没有大略看一眼这儿的小巷、栅栏、屋舍、校园的钟和沙滩上那一群目光充满渴望的孩子。它们哪里知道孩子们是多么想伏在它们身上，一起到沿江的大城市黑河走上一圈，看看那里的高楼、马路、戏院、百货商场、照相馆以及码头上往来的大型货轮。孩子们为此在观看冰排时就有了淡淡的心事。

陈林月不仅白天来看冰排，入夜时也悄悄来到江岸。白天她和孩子们在一起，而晚上则是赴马川立的约会。他们肩并肩站在沙滩上，看着月光下江面上浮游的冰块。那时背后村落的灯火已经黯淡了，人语也寥落，他们能清楚地听到流水和冰块相互摩擦的声音，仿佛各种乐器在水面上浪漫地合奏着流浪。有一次他们看见一个长方形的巨大冰排孤单单地从上游缓缓而来，陈林月便说是爱斯基摩人的冰屋子被冲下去了，而马川立则脱口而出："真像是一只冰棺材！人要是睡在冰棺材里，葬在江里有多好！"

陈林月便因为这种不吉祥的比喻而搡了马川立一把。他趔趄着一脚伸进浅浅的水里，被冰凉刺骨的江水激得打了一个深重的寒噤，就势抱住陈林月让她赔他身上的热气。当然那热气很快就在拥抱中回到他身上了。

冰排消逝的第二天便来了鱼汛。这是白银那人所没有料到的。因为黑龙江的鱼在最近十几年来一直非常稀少，不知是江水越来越寒冷呢，还是捕捞频繁而使鱼苗濒临死绝的缘故。人们守着江却没有鱼吃已经不是什么危言耸听的事了，而一条江没有了鱼也就没有了神话，守着这样一条寡淡的江就如同守空房一样让人顿生惆怅。白银那的渔民常常提着空网站在萧瑟的江岸上摇头叹息。人们不得不把更大的精力转移到种地和狩猎上。种地带给人的好处是始终如一的，而狩猎也同捕鱼一样变得音容渺茫。许多猎户一个冬天在林中穿梭，只能打下几只飞龙、灰兔和狍子。想靠名贵动物的皮毛换点值钱东西的愿望也只能是南柯一梦。而政府一些保护珍奇动物的特别措施也不允许猎人轻易就能扣动扳机，这使得人们越来越觉得生活失去了光彩和韵味。虽然说白银那通上了电，一些人家还拥有家用电器，一家乡办企业正要从闱中出门，但老人们仍然觉得生活正在可怕地倒退。他们在冰排的震颤中回忆的仍是几十年前的渔船、灯火和黄昏。他们逐渐地变得懒散、邋遢、灰心丧气，看人时表情漠然，目光呆滞，常常无缘无故地对一条狗或一只鸡骂个不休。

然而鱼汛的的确确像死亡必然要光顾每一个人一样真实地降临了。它来得那么迅速，甚至都没有给人留下一点惊喜的时间，男女老幼便蜂拥着来到江岸上。这时候那些闲置多年的渔网和渔船就显得漏洞百出了。女人们埋怨男人没有保养好渔船，让它被虫蛀了，被淫雨沤得半朽了。而男人则责备女人没有及时补上已经脱了丝的渔网。就在他们互相埋怨的时候，鱼群汹涌着顺流而下。

陈林月的父亲陈守仁中风偏瘫，终年卧床不起，听说来了鱼汛了，便兴奋得直流口水。他吩咐儿子和女儿要彻夜鏖战在江面上，因为鱼汛的上鱼高峰期都在夜半。每当孩子们把一桶桶鲜肥的鱼抬进家门时，他就两眼泛出电火花一样的光芒，挣扎着半仰在炕边斜着身子用剪刀来收拾鱼。每当他的手触到鱼光滑柔韧的身体时，都不由自主地惊叹："多新鲜的鱼呀，多肥的鱼呀，多么好闻的腥气呀。"

鱼很少有在撞网的一刻就气绝身亡的，它们的气息都很顽强。所以别看满桶的鱼仿佛都已经死了，可当你刮它的鳞片时它的尾就会剧烈摇摆，便知它们半阴半阳着。有时候它们已经全然失去了闪光的鳞片，而且被人抠掉了猩红的鳃，剖腹后内脏无一遗漏地倾巢而出。当你把这样一条刳好了的腹中空空的鱼扔在一边时，它却意外地又扬了扬尾巴，使你沉浸在收获的幸福之中的时候又顿生怜悯之情。

陈林月在鱼汛的第二天熬红了双眼去上课。当她走进校园时才发现这里静悄悄的。办公室没人，教室也没人，它们无一例外地上着锁。没有人在正常的上课时间敲响那口钟，所有的人都在为打鱼而忙碌着。陈林月心事重重地夹着教案回家时，父亲陈守仁就忍不住奚落她："我叫你别耽误时间去学校吧，怎么样，一个读书的崽子都没有吧？谁像你这么死心眼，你知道吗，一斤鲜鱼在外面卖三十元呢！"

父亲的两手沾满了鱼的血污，下巴上竟然挂着两片亮晶晶的鱼鳞，仿佛他要脱胎换骨了。陈林月觉得可笑，但她还是依照父亲的吩咐将刳鱼的水倒在门外的垃圾沟里。本来巷子里的泥泞已经有碍观瞻了，再加上家家倾倒在排水沟里的腥水，简直就不堪入目了。污浊的鱼腥气四处弥漫，熏得陈林月直反胃。她抬头看看天，想在它无边的晴朗中养养神，但她很快就被威武的阳光逼得低下头来。

白银那变成了一条巨大的鱼，终日充满了腥气。人们彻夜守在江岸上，不停地围剿打捞。男人们撑着破旧的木船在江面上频频撒网，女人们则蓬头垢面地收网摘鱼。小孩子做的事情就是往家运鱼。他们气喘吁吁、噼啪噼啪地走在巷子里，有时候狗也会跟在身后，当他们感到力不从心放下鱼桶休息时，就不由得回头对摇着尾巴的狗说："你怎么那么自在呢？"

守在家里行动不便的老人们也忙得团团转。他们既承担着繁重的剖鱼任务，又要为家里捕鱼的主要劳力准备饭食。虽然他们难得有空闲吧嗒上一袋烟呷上一口茶，但他们的眉头仍然是舒展的。

按照惯例来说，这种百年不遇的鱼汛一般不超过一周。所以人们仿佛要把一生的精力都用在它身上。大家也不觉得饿，只要看到鱼不绝如缕地上网就力量倍增。陈林月在江岸上也见到了马川立，他同父母亲一起捕鱼。他们在白天就装得素不相识。马川立的父母开了家个体食杂店，每过半个月就要开着自家的四轮拖拉机进城办货。他们家是白银那最有钱的人家，可也是出奇吝啬的人家，这使得陈林月对将来踏进马家的门槛心怀忧戚。他们家卖的货比别的村镇的同等商品价钱明显要高出许多，白银那的百姓曾经在一个阶段里暗中团结在一起，拒买马家食杂店的东西，结果因为生活日用品不可或缺，还是忍气吞声地去马家食杂店了。马川立有一个姐姐已经嫁到鸥浦，每年只是坐船回来住上几天。马川立是家中唯一的男孩子，他二十四岁，初中文化，在乡转播台做技术工作，人长得斯文清秀，同他的父母判若两人。

陈林月的哥哥陈林庆对妹妹与马川立之间的恋情早有耳闻，所以他一直在她耳边提醒："你要是嫁到马家去，下半辈子有受不完的气！"而父亲也在无意当中诅咒过马家："他家做事这么损，将来儿子连媳妇都娶不着，谁跟这家牲口！"

陈林月为此常常心烦意乱。有时和马川立坐在一起时，她就旁敲侧击地说："你说人一辈子光是图个挣钱有什么意思？钱又不能带来快乐。"

马川立便不以为然地说："可钱能带来温饱。"

陈林月便为他的迟钝而心生懊恼，可她在白银那又找不出比马川立更优秀的人。这种对爱情隐隐的失望使她在望冰排时常常神思恍惚,觉得真正有光彩的生活都隐在激流中,而她将永远与平淡为伍。为此她给她师范学校的古修竹老师写了一封长长的信,倾诉自己的失望和彷徨心态。

鱼汛中的白银那的夜晚比除夕还要热闹。江岸上不仅燃着篝火,有的人家甚至把正月里点的灯笼也提来了。江面上灯火斑斓,像撒了一层细碎的金箔纸。人们在起鱼的间隙打着哈欠,有的人因为感染了风寒而大声地咳嗽和流鼻涕,但是没有哪一家提早撤出江岸。许多狗也不愿意在家门口守夜,纷纷地跑到江畔,围着自己的主人团团转,它们大概也怕寂寞。天气遂人心愿,晴朗日甚一日,泥泞也得到缓解,更重要的是所有的老人为能在暮年时重温这壮丽的一幕而心满意足。

然而就在鱼汛的第四天发生了一桩怪事:马川立的双亲率先结束捕捞活动,收网回家,而白银那的人一直以为即使鱼汛过去了,他们也会守着江再过一夜,这使人们颇为疑惑而议论纷纷。

马川立的父母收网回家后将一堆要收拾的鱼分配给儿子,就开着四轮拖拉机进城办货了。马川立还以为父母不再贪财、见好就收了,所以就在父母离家后愉快地吹着口哨剖鱼,时不时还提起一条粉红色的鱼肠说:"我要把你晒干了,给陈林月当辫绳儿用!"

## B1:女教师日记

我是第一次见到鱼汛的场景。在此之前,我只是在小说中读到过它。我赶到白银那时就被它无处不在的鱼腥气所包围了。自从收到陈林月的信后，我便思绪纷乱，想着一个心性很高的女孩子常常独自望着冰排发呆，我就有一种莫名的恐慌。陈林月是我教过的所有学生中感悟力最强，也是最自尊的一个。学校刚好接到上级教育部门的一项任务，让派人调查一下毕业生在基层单位的实际工作能力，将情况反馈上来写一个综合报道，我就自告奋勇来了。我的第一站选择的就是白银那。

陈林月在校时不像其他同学喜欢讲自己的故乡，所以我对白银那几乎是一无所知。我在地图上根本找不到它的名字，在旅途中曾对它的存在心生恍惚。到了鄂伦春人的聚居地十八站，下车进了旅店一打听，店主才笑着对我说："白银那离这儿不远了，每天都有一班长途车路过那里。你去吃那里的开江鱼吧，那里的牙各答酒美极了！"

到达白银那时已是正午。村落屋顶的黑色油毡纸被直射的阳光照得泛出深沉的油光，四方形的烟囱无论从哪一个侧面望去都给人一种墓碑的感觉。房子并不是同一时期的产物，因而形色各异，既有敦敦实实的红砖平房，又有东倒西歪的板夹泥小屋。但它们的门窗都一律涂成天蓝色，房前屋后也都拥有面积可观的菜园。巷子里有些泥泞，一些鸡在障子的间隙中欢快地刨食。大多数的人家都敞着门，而院子里却不见人影。门前的排水沟里淤满了鱼的内脏，腥臭气扑鼻而来。正在我疑惑不解时，见到一个挎着铁桶的十一二岁的男孩子摇摇晃晃向我走来，他的身后还跟着一条黄狗。狗见了我老远就吠叫起来，并且气势汹汹地超过男孩向我扑来，吓得我连忙蹲下身子，据说这样能喝退狗的进攻。它果然不再前行，但仍然徘徊在原地顿着头冲我汪汪叫个不休，男孩子放下桶，大声呵斥："大黄，别咬了，回来！"狗果然一抖身子甩掉敌意摇着尾巴奔向小主人，亲昵地舔着他的手。我便向他打听陈林月家住在哪儿。男孩子用手指着不远处的一幢房子说："就在草坡那儿。"然后又补充说陈老师现在不在家，她在江上捕鱼，让我去那儿找。我便守候在路边等男孩子把鱼送回家后带我去江岸。

我问那男孩："怎么没去上学？"

男孩说："来了鱼汛了，学校放假了，校长都在江上。"他望着我突然嘻嘻一笑，"校长家的船最破，船底漏了两个鸡蛋大的洞，用麻给塞着。今天上午他划船起网时有一团麻漏了，进了半船的水，都快要沉了，校长吓得在船上直喊救命。我爸爸划着我家的船救了他，他上岸后裤子都湿了，脸色白得吓人，好像尿了裤子。他家的船最后沉入江底，校长的老婆跺着脚骂他是窝囊废，我们在江边笑了一个上午。"

这男孩子看上去很愿意跟陌生人说话，他接着问我："你是从黑河来的吗？"

我摇摇头，他便有些失落地说："我以为你从那儿来，想问问那里的事呢。"

江岸上乱纷纷的，鱼汛带给人的忙碌尽收眼底。人们衣冠不整，满面疲惫，眼睛大都熬红了，不像是捕鱼，倒像是同妖魔鬼怪在做斗争。我走向陈林月的时候她正无精打采地坐在沙滩上摘网，她的腿旁坐着只铁桶，铺展开的绿帆布上放着剪刀、手电筒、碗等东西。有一条鱼的鳍深深地嵌在网眼里，她正费力地拽它出来。我蹲下身子，轻轻问："这是条什么鱼？"

"细鳞。"她头也不抬地回答,然后将鱼"哧"的一下提出来扔进桶里,动作干净利落。她仍然梳着条粗黑的独辫,也许是高纬度阳光的照拂,她的肤色看上去黑了不少,因而显得有些老成持重了。我便说:"我没有想到白银那这么远。"

陈林月这才狐疑地抬起头。待她看清是我时,吃惊得睁圆了双眼,手中的网也脱落了,怔怔地看着我半晌说不出话来,许久以后才湿着眼睛涩涩地吐出一声:"古老师——"

我们在江岸说了会儿话,陈林月便把活儿委托给她哥哥,然后提着鱼桶领我回家。陈林月的母亲已经去世多年,父亲偏瘫在床。老人家听了女儿的介绍后对我格外热情,他一遍遍地说:"你是个有福气的人,多少年不遇的鱼汛让你赶上了。你没见过捕鱼吧,待会儿吃了饭你和林月一起上江去。"

他那溢于言表的欣喜劲儿,除了是对客人的到来表示友好外,大概还夹杂着家里意外多了一个劳动力的兴奋。可是我对捕鱼一窍不通,只怕到了江上也只能是个游手好闲之徒。

陈家的房子属于那种半新半旧的。朝南的墙一律换上了红砖,而北墙和两侧山墙则仍是板夹泥的,可见主人在更新房屋时掩饰不住经济上的拮据。屋子共有四间,进门便是厨房,由厨房向东是陈林月父亲的住房,再向里的套间则是她哥哥的居室。陈林月住在向西的屋子,半铺火炕上摆着叠得方方正正的被子和一摞书。窗前的书桌和木椅都是栗子色的,几株类似郁金香形状的淡蓝色小花斜插在水瓶中,端坐在窗台上。陈林月告诉我这是从草坡上采来的,是白银那开得最早的花,老百姓俗称它为"耗子花"。

陈家也有一大片菜园子,还养了头猪和十几只鸡。陈林月说本来有二十多只鸡的,去年秋天闹黄鼠狼,被它掐死了一半。我们吃过饭已经是午后三时,陈守仁嘱咐陈林月换她哥哥回来吃饭时,让他到马家食杂店买几袋盐回来,家里的存盐都用完了,这些鲜鱼如果不及时腌上就会面临腐烂的危险。

出了家门,陈林月才悄悄对我说:"我爸爸从来不让我去食杂店买东西,什么都叫我哥哥去,说是马家的空气不好,别让那酸气把我污染了。"

"那白银那就这一家商店?"

"国营的有一家,前两年让个体的给挤黄了。去年腊月里政府拨款恢复了商店,可是经营不善,现在又要关闭了。商店里卖的东西都是货底子,生活日用品只知道进肥皂和牙膏。"

"那马家呢?"我问。

"不说他家吝啬,人家进的货的确都是俏货,得承认他们脑子灵活。只不过加价加得太狠,赚同乡的钱这么黑,落得他家没个好人缘。"

我和陈林月来到江岸时忽然听到一阵清脆的钟声响起,陈林月便笑笑说不知哪个学生厌烦了鱼汛,在抗议带给他们辛苦的丰收呢。人们听到钟声后都很诧异地直起腰望望村落,钟声尽了却依然垂头干活。

我曾经不止一次到过黑龙江畔,但去过的基本上都属于它的中下游城市。白银那属于黑龙江的上游。江面看上去并不很宽阔,两岸的树披挂着青翠的新绿,使这条中俄界河水中的倒影有了浓郁的阴影。一些经过我身边的人见到我是外地人,都以为我是鱼贩子,纷纷问我:"你是收鱼来的吗?"

他们盼望着鱼贩子早日到来，不然这些不绝如缕上网的鱼就会成为他们沉重的负担。然而没有什么人到外地去通报白银那来了鱼汛，也许洛古河、鸥浦、大草甸子、三合等地也一样来了鱼汛。鱼在黑龙江里游，它并不只是青睐白银那这个不起眼的小镇吧。人们开始有些忧心忡忡，但目光一旦放到丰满的鱼的身上，就立刻又充满了活力。

悠闲地坐在湖边的柳树下垂钓与真正的捕鱼是截然不同的。真正的鱼汛带给人的是极为复杂的情感，喜悦、兴奋、痛苦、失落等等。陈林月就说她见到第一条鱼摆着暗红的尾莹莹出水时，就因为它久久的远离而突然重现有一种要哭的欲望。而当鱼接二连三地撞网后，这种感觉也就麻木了。现在他们在内心深处都暗暗祈求鱼汛早些过去，他们已经多日没有睡个囫囵觉，而快乐又早已被单调重复的劳动所瓦解了。我看着那纵横在沙滩上的一堆堆的鱼，真怀疑黑龙江动了不活的心思，倾其所有，要回到创世纪的洪荒年代，重新安排自己的命运了。

鱼也有尊贵与卑贱之分，大概人世间所有的生物都难以逃脱这一分类。蜇罗、细鳞、白鱼、花翅子被认定是上等鱼，而狗鱼和鲇鱼则被视为下品。其实我是很喜欢狗鱼的，它不似其他的鱼呈扁圆形，一副弱不禁风的样子。狗鱼的脊背是褐色的，身上均匀地布满了点点黑色的斑纹，身材修长，体态矫健，极像一位勇猛过人的武士。然而它也很容易死亡，别看它出水时还摇头摆尾，可一旦认清了未来的命运是干涸的沙滩时，它就魂飞魄散，一命呜呼，也许这是英雄气短的缘故吧。我所能做的事情就是帮助陈林月往家里一桶桶地运鱼，虽然说她一再强调用不着我帮忙，可我不愿意袖手旁观。只是走在白银那的小巷时常常遭到狗的欺生，弄得我不得不一次次蹲下来与它们对峙。

现在已经是深夜了。陈林月和哥哥仍然守在江上。我离开那里时已经有人家点起了篝火，火光的投影使江水看上去宛若漂着几朵莲花。其实我是很想体验一下彻夜鏖战在江上的滋味的，可陈林月说如果我不早些回来休息，她就收网回家，所以我只好回来。陈林月的父亲一直在刳鱼，我陪他说了一会儿话，帮他将收拾好的鱼投进缸里。他抱怨儿子没能及时买回盐来，鲜鱼在春日里挺一夜就会肉质松散。他说如果他腿脚方便，他会自己去买盐。见他对鱼这样精心呵护，我便向他打听买盐的地方在哪儿。他先是推托，但还是仔细告诉了我马家食杂店的位置。我走进马家，几只鹅首先"嘎嘎"叫着迎面而来，脖颈充满敌意地高耸着，仿佛要来拧断我的腿。我连忙飞快跑进屋子，一个清秀的年轻男子正在守店，想必他就是陈林月信中提到的马川立了。我向他打听食盐多少钱一袋。他说店里的盐都卖空了，刚刚走了几个空手而归的人，不过他许诺明天就会有盐了，因为他父母进城办货了。就在我失望地转身离开时，马川立忽然问我："你不是白银那的人，你是投奔谁家来的？"

我说出了陈林月的名字，他的脸就腾地红了，看得出陈林月在他心目中的位置非同小可。如果不是怕陈父着急，我会同他多聊几句的。老人家见我没有买到盐满怀惆怅，我现在仍然能听到他微微的叹息声和刮鱼鳞的爽利的嚓嚓声，浓烈的鱼腥气像夏日正午的阳光一样无处不在。

## A2：焦灼

鱼汛持续了一周之后终于消逝了。人们站在丰收的尽头头晕目眩、心慌意乱。暖暖的春阳似乎是为了哀悼鱼汛撒手人寰，它突然间变得阴气沉沉，白银那的上空浓云低垂，有经验的老人们都说少见的连绵春雨天气要来临了。

人们撤出黑龙江的那个黄昏，进城办货的马家夫妇归来了。他们拉着满车白花花的盐。人们疲惫不堪地拖着渔船和渔网回家时听见了四轮车突突突的声音。

当夜果然就来了雨，它那淅淅沥沥的声音使守江归来的人们深深地陷入疲惫。人们手捧饭碗时觉得胳膊虚弱无力，有的人甚至还没等拿起筷子就歪倒在饭桌旁睡着了。人人都又饥又乏，但同饥饿相比，疲倦还是占了上风。而人一旦打了个盹半夜醒来，就会觉得饥肠辘辘，于是子夜时几乎家家户户的烟囱都升起了炊烟，仿佛是在过除夕一样。

最后一天被打捞上来的名贵鱼一般都不剖膛，人们把它们放入仓房的阴凉处，盼望第二天有鱼贩子来收购。几乎每年都有鱼贩子乘车而来，可是不管他们出多么高的买价，人们也无法献上一条鱼，因为黑龙江在这些年里一直采取不合作的态度，不知道它将体内的鱼恩赐到了何方。而今年来了这么隆重的鱼汛，鱼贩子却似乎是还没有闻到一丝腥味。

白银那乡的乡长当夜吃完饭就守着一台老式电话机往外拨电

话，想联络鱼贩子快来白银那，可是话筒里没有丝毫蜂音。也许是电话线路出了故障，这样的情况已经不止一次出现了，狂风、暴雨和雷电常常使线路受阻，有时他们十天半个月也同外界联系不上，成为一座孤岛。

乡长五十岁了，很爱喝酒，有两次因贪杯过甚而胃出血。他爱人比他大六岁，生得牛高马大的，说话时嗓音洪亮，眉心和下巴上各有一颗粗黑的痣。乡长常戏谑说要用火钳子烙掉她的一颗痣，只是不知留眉心的好还是留下巴上的好，所以那两颗痣也就安然无恙存在着。乡长年轻时因为喜欢她的泼辣和力气而亲切地称她为"小母牛"，现在年纪长了，那女人丰腴而结实的身体已经被松弛和臃肿所替代，令他乐观不起来，常常在心里慨叹时光摧残红颜，而嘴里却不敢泄露一句抱怨的话。他们的女儿在外地上班，儿子在林学院毕业后去一家苗圃当技术员，所以只有老两口在白银那。乡长捕鱼并不在行，因而鱼汛期间人们常常听他的老婆指着他的大名数落他："王得贵，你这个笨蛋，这江又不是你家养的黄花闺女，你怎么就不舍得把网下深点？"

她的话使一些过来人联想到床笫之事，于是纷纷地乐起来。

王乡长没有打通电话，回到家后就垂头丧气的，他很后悔没有早两天就与外地联系。他老婆坐在灯下肿着眼泡给鱼分类，有一刻她不慎将一条嘎牙子鱼扔进了上等鱼的行列，乡长就上前把那条鱼又甩了出来。

女人从鼻子里哼了一声，说："分出个三六九等又有屁用，一个鱼贩子都没来，我看最后全得喂猫了。"

王得贵脱掉鞋上了火炕，拍拍炕沿说："那你就别费心分类了，上来睡吧。"

"我一身的汗气和腥气,我不和你睡一铺炕。"

"我又没说要和你怎么的。"乡长拉开被子,说,"我年纪也不行了。"

"是我不行了。"女人发狠地捏着一条鱼的眼睛说,"我又老又丑了,你都半个月不理我了。可是一见到别人家的女人,你那馋样真让我呕酸水。"

"我跟谁那样了?"乡长急了。

"投奔陈林月家来的那个老师,那个姓古的。那天你在江上见到她时眼睛都直了。"女人一直将鱼的眼睛捏得冒了出来,"我就没见她有什么好,不过年轻一点,脸比别人白一些罢了。她是在大城市喝自来水喝白了脸,水里净是漂白粉,她又搽雪花膏,这种女人都是中看不中用的。"

"你怎么知道人家不中用?"

"你还真想用啊——"女人接着骂了一句粗鲁得让乡长都不忍听的话,气咻咻地将失了双眼的鱼掷在墙上,而后悲哀而失神地说,"谁让我比你大六岁呢?"

细雨使得日出的情景成为明日黄花。老人们见到天有晓色了,就推醒儿孙们,让他们马上去买盐,不然鱼贩子不来,再没了盐,所有的鱼都将腐烂而不值一文。年轻人哈欠连天地撑着伞去马家食杂店买盐,却没有一个人如愿而归,都是气愤难平地空手而还。因为马家将原来八毛一袋的精盐涨到了三元五一袋,将原来一元二角一袋的大粒盐涨到了五元钱一袋。每家每户都需要买上十几袋盐,鱼没卖出去一条,却要掏出几十元钱来买盐,谁能咽下这口气呢?

可是公家的商店一粒盐也没有，去外地买盐最快也要两天才能回来。人能等得起，而鱼却等不起，马家便能放肆地将盐价提到史无前例的高度。人们这才恍然大悟为什么在鱼汛的高潮中马家人就出去办货，看来是预料到了白银那将需要大量的盐，而这车盐将比他们捕鱼所获得的利润高出许多。

盐价暴涨的消息在白银那一传开，人们就纷纷来找乡长。大家说应该封了马家的食杂店，让那对夫妻滚出白银那，然后将他家的盐给平均分配了。乡长皱着眉头说那怎么行，政府鼓励私营经济，他们又没犯什么大法，谁能豁出三天时间进城去办盐？这四轮车烧的柴油、住店和打牙祭的钱，不都得羊毛出在羊身上——打入盐价上吗？

"你是说他家给盐加价是应该的了？"有人问。

"我也没说应该。"乡长颇为惆怅地说，"我家也有一大堆鱼，盐也空了。再不买盐，鱼就该生蛆了，赶在这个节骨眼上，怎么办？"

"你是乡长，你说了就算。"有人帮他出主意，"你带着人把两道封条往他家的店门一贴，他就会像绵羊一样驯顺地落下盐价。"

"我那不是犯法吗？"

"那你敢带头去买这种黑心的盐吗？"有一个脾气大的开始威胁他，"我就会把你乡长家的房子给点着了！"

"让我找他们谈谈。"乡长张口结舌地说，"不过别抱太大希望，你们准备买盐的钱吧。如果老天爷长眼睛就好了！"

乡长去马家食杂店时一直挺着腰板，想给自己鼓舞点斗志。可一进了马家的门，腿就有些软了，说话也不那么理直气壮了，因为未等他开口，马家媳妇先说话了："乡长，上次送给你的酒喝完了吗？这次再提一瓶走吧，是正宗的汾酒，比咱自己酿的牙各答酒好喝！"

乡长受贿的疮疤就像马家的一扇窗户，只要情况有变，轻轻一揭，就会使乡长疼痛一下，而且说话也只能是婉转从之："乡里乡亲的，来场鱼汛不容易，盐价涨得太狠了点，降下个块儿八角的，给我个面子吧。"

"我们不守着江捕鱼，去外地运盐，还不是为了不让大家的鱼变成一群苍蝇？"马占军说，"我倒要看看，咱们谁能挺过谁。一周之后盐还是盐，放个十年八年也不变质，可一周之后所有的鱼都会烂得连骨头也剩不下。"

乡长无功而归，这使人们大失所望。有几个家境稍稍宽裕的人家动摇了意志，打算去买盐了，但绝大多数人的抗盐情绪却使他们羞于行动。

"马占军是个不好色的人，不然咱就让自己的老婆献献身。"一个男人龇牙开了一句玩笑，"为了大家的共同利益，豁出去了。"

可是没人笑得起来。

雨仍然理直气壮地下着。学校开始恢复正常的教学工作了。课间操的钟声沉闷地响起，带着一股滞浊的湿气。乡长在钟声中忽然想起了陈林月，跑冰排的一天夜里他觑见了她与马川立在江边幽会的情景。也许陈林月会做通马川立家的工作。

午饭时乡长背着手来到陈家。陈守仁正歪在炕上长吁短叹地吸烟，见到乡长，就忍不住气咻咻地骂了一句："王得贵，你这个蔫茄子！连个马占军都镇不住，全白银那的人都跟着你受欺负！我就是腿脚不听使唤了，不然我非掘了他马家的祖坟不可！"

"你掘他家的祖坟又不能伤害他一丝毫毛。"乡长一屁股坐在地上的一只小板凳上,"他不认祖宗,只认钱。"

"你闻闻我家的鱼——"陈守仁指着墙角的一个大木盆说,"都开始变味了。"

"我也愁。"乡长说,"还不如不来鱼汛呢,给人添了累不说,还惹来这多麻烦。你说电话也不通了,长途车不知怎么也跟着断了,消息传不出去,一个鱼贩子也来不了,盐价成了吃人的老虎,老天爷又天天下雨,晒鱼干也不行了,你说怎么办?"

"怎么办?"陈守仁"呸"了乡长一口,"亏你还能问得出口,他不仁,咱不义,联络上百十号人,拿着棍子和斧子冲进他马家,他就得跪下来叫爷爷奶奶!"

"这种犯法的招咱可不能使。"乡长说,"这不成了造反了吗?"

"那好,我家的鱼宁可全烂在家里,也不买一粒马家的高价盐,不能纵容他的恶习!"

"办法还是有的,你们家林月哪去了?"

"和她的老师去草坡了。"陈守仁说,"你找林月有什么用,她一个小学老师,斗不过马占军的。"

乡长心想,陈林月斗不过马占军,可能挟持住马川立,儿子造了老子的反,老子可就黔驴技穷了。他告别怨声不绝的陈守仁,朝着绿茵茵的草坡走去。

陈家面对着一大片肥沃的草坡,那是白银那牛羊的乐园。因为雨的降临,草坡上弥漫着轻柔的白雾,陈林月和古修竹撑着雨伞在议论马川立。

陈林月说:"在一个小地方,人就得实际起来。我不可能离开白银那,又不能独身一世,看来看去,马川立还算顺眼的,只是有时候和他谈话时有些失望。"

"你并不真心真意爱他?"

"也许爱都是书中编造出来的,生活中并没有这种情感。"陈林月垂头说,"看冰排时他总是拉着我的手,其实我并不喜欢他这样。他有时候毫无来由地拥抱我,我又不忍心扫他的兴,真别扭。"陈林月仰起头望着绿伞下愈发清亮得像根翠竹的老师说,"古老师,你都快四十岁了还没结婚,当时同学们都私下盛传你深爱着一个人,是真的吗?"

古修竹望了一眼陈林月,微微点点头。

"那你为什么不嫁给他?"

"因为……"古修竹说,"车祸,他死了,已经有七年了。"

"爱一个人会是什么感觉?"陈林月轻轻地问。

"你想起这个人会有心疼的感觉。"古修竹说。

陈林月还想问什么,乡长已经来到她们面前了。他没打伞,浑身上下都被雨淋湿了。陈林月便说:"乡长,你不打伞又不穿雨衣,不怕感冒了?"乡长望了一眼古修竹,心中哀叹着:"这样的女人真是不同寻常,娶回家肯定不是那种整天唠叨不休的人。"嘴上说的却又是另外的话:"我烦得很,让雨浇浇还好受点。林月,你帮叔一个忙,找找马川立,让他劝劝他爹吧。"

陈林月的脸腾地红了,她咬了一下嘴唇,说:"他家跟我有什么关系?"

"川立那孩子不像他爹那么抠门儿,挺仁义的。跑冰排的那几天我看见你和他在江岸上,他能听你的,你就帮叔一回吧。"

陈林月的脸更红了,她说:"我又不是乡长,白银那人缺盐的事应该你管,要是学生的学习出了问题找我才对。"

"古老师——"乡长可怜巴巴地面向陈林月的老师,目光中隐含着乞求,"你是见过世面的人,你帮着说说吧。"

古修竹望着在雨中显得狼狈不堪的乡长,心中顿生一股怜悯之情。人家都说小地方的官僚都是人人惹不起的地头蛇,说一不二,而王乡长却像个落魄贵族一样,也许是酒持续地对一个人的浸润起了作用——瓦解了他的锐气和精神。

古修竹对乡长点了点头,说:"让我和林月来谈谈吧。"

## B2:女教师日记

我说服陈林月之后,她便去找马川立谈盐价问题。我待在屋子里和陈父聊天。他说马占军夫妇以前并不是这样,别人家出了红白喜事他们也乐于出钱出物。只是前几年马占军突然得了场怪病,鼻子经常性流血,医生怀疑他得了白血病,让他们筹上一大笔钱进哈尔滨确诊去。人们听医生说白血病是个难缠的病,两三年就得换一次血,换血的费用高得吓人。所以马家在借钱时就没人借给他们那么多,只借给他们二三十块,权当是捐献了。如果借给他们大数目,怕是填了无底洞,有去无还。马占军的老婆那时也真是可怜,她东一家西一家地求情说好话,就差给人磕头下跪了,最后凑到手里的钱还不足一万元。

"最后确诊没病?"我问。

"要真是那病还不早死了。"陈守仁说,"他们虚惊一场从哈尔滨回来后,夫妻俩就换了个人似的。他们把大家二十三十凑给他们的钱又一分不差地还了回来,然后再也不和乡里人来往。后来他们看到乡里国营商店不景气,就把家里所有的钱拿出来做本,开了个食杂店。"

"这么说他们并不是从一开始就吝啬的?"

"人都是后来学坏的。"陈守仁说,"他们刚开食杂店时也是吃了很多苦头,那时候他们还没有四轮车,你猜猜他们去外地上货用什么?"

"马车?"我说。

"自行车。"陈守仁"咳"了一声,"夫妻俩每人骑一辆破自行车,去的时候轻巧,回来时大包小裹,脸都累成紫茄子色了,所以他们就给商品加价,大家一想着他们的辛苦,也就认了。他们从中尝到甜头后就更加不在乎了,小商品的价钱一直向上涨,不到两年他们就买回了一台四轮车。"陈守仁"呸"了一口说,"刚买回四轮车的那天,把他马占军神气得好像当了玉皇大帝。试车时他不沿着一条道跑,硬是不怕拐弯麻烦,把白银那每一条小巷都跑遍了,每一家门口都突突突了一遍,让人眼气得很。"

陈林月的哥哥陈林庆按照父亲的吩咐将两铺火炕烧得烫手。陈守仁说只要有一点办法,就不能眼看着鱼烂掉。他说未沾上盐的鱼可以用淡碱水卤一遍,然后放在火炕上烘烤。只是这一来屋里的气味更难闻,而且人没了睡处,得在空地上另搭木板床。

我帮着陈林庆冲碱水,然后将收拾好的鱼放入碱水中。陈林庆说这样烘干的鱼虽然不腐,但吃起来有股涩味,"知道的是吃鱼,不知道的以为啃的是柴火棒。"他这样评价说。陈守仁就远远地啐了儿子一口说："这世上要有这么好的柴火棒让你天天啃，你还算烧了高香呢。"

那两铺火炕一铺是铺炕席的，一铺则是糊上牛皮纸后又刷了天蓝色油漆的。铺炕席的炕最适合烤鱼，因为把炕席一卷就露出了沙土炕面，鱼的水分很容易渗到炕面里。而刷油漆的则不一样，光滑的炕面不但不能很快吸收水分，还使它们演变成水蒸气，将玻璃窗蒙上一层水珠。陈守仁便埋怨儿子当时收拾自己的炕时只图美观，不重实际，若像他的那铺炕一样铺着炕席，这会儿多么方便。陈林庆便低声嘟囔说："这炕是睡人的，又不是专门烤鱼的，得人看着顺眼才是。"

他们父子正斗着嘴，陈林月回来了。她看上去有些沮丧，看来是谈判失败。事后证明我的判断没错。陈林月一看见炕面上的鱼，就有些生气地说："咱家怎么成了晒鱼场，为这点破鱼闻好几天的腥气，值吗？"

"我不能眼看着鱼一点点烂掉，不然打它回来做什么，还不如让它们回到江里呢。"陈守仁说。

"古老师好不容易来咱家做一回客人，咱让腥气天天熏她，真是过意不去。"陈林庆明白了妹妹心生怨气的缘由，所以插话说。

我连忙为自己给陈家带来的不便表示歉意，并且说自己最喜欢闻鱼腥气。陈守仁这才摆脱窘状，对儿女们说："人家是多么通情达理，哪像你们！"

陈林月对我说，她找到马川立后说明了情况。马川立说他不可能说服父母狠杀盐价，如果陈家不介意，他会悄悄按原价为她买一些盐的。陈林月便生了气，指责他同父母一样褊狭可憎。马川立为此落了泪，不得已说出了实情。自从父母升高盐价后，他就在做他们的工作，劝他们做事别太惹怒众人。父母却一直骂他是个胆小鬼，成不了大器。马川立对陈林月说："他们是我父母，我总不能因此杀了他们吧。"

"那就让你家的盐放上个几十年，和你父母一起进坟墓吧。"陈林月说完这句话后就撇下马川立回家了。

我陪陈林月去乡长家时见到了乡长的老婆。她的个子比乡长高半个头，眉心和下巴上各有一颗粗黑的痣，这使她的整个面部表情看上去带着一股凶气。女人的脸上长一颗痣会显得温柔而俏皮，人见人爱，而再多一颗痣尤其是多出的一颗痣又粗黑至极的话，就给人虎视眈眈的感觉了。她的额头很宽阔，眼睛略呈褐色，头发也是黄褐色的。她见了我现出很警惕的神色，怪声怪气地问我在白银那能住几天，有没有因为水土不服而拉肚子。我告诉她我经常到黑龙江的沿江城市，很服它的水。她就鄙夷地撇了一下嘴说："那是因为你没吃过烤鱼，没有喝过江水，要不你不拉肚子才怪呢。"好像我不在白银那病上一场，她就大失所望似的。乡长正帮着老婆用细铁丝来串鱼。银灰色的铁丝像闪电一样穿透鱼鳃，使得湿漉漉的鱼溅下点点水珠。鱼与鱼吊着身子紧紧相挨，仿佛它们在集体自杀。乡长说他们家已经把火墙烧得滚烫，一会儿就把串好的鱼拴到火墙上来烘烤。陈林月便说："俺爸就想不出这样的好招，把家里的炕都腾给鱼了，人倒挤到地铺上了。"

乡长叹了一口气，说："你说通川立那孩子了吗？"

"说通了我还找你吗？"陈林月说。

"我就知道会这样。"乡长说。

"那你还让我去做什么？"

"有一线希望咱也不能放过。"乡长尴尬一笑，对老婆说，"卡佳，给客人倒两杯茶来！"

我愣了一下，这样的名字应该是黑龙江彼岸的女人才会有的。陈林月冲我眨眨眼，我便明白其中必有蹊跷。

卡佳扔下手中的鱼，到灶间冲茶去了。很快她一手端着一碗茶走来，我和陈林月连忙迎上去各接过一碗。她对我说："你要是消化不好就别喝这碗茶，这里的红茶放了快十年了，去年开春我晒茶时又让苍蝇给滤了一遍。"

"别听她吓唬你。"乡长摆摆手笑了。

可我却觉得胃肠一阵抽搐，看来卡佳的话奏效了。我放下了茶碗。

这里的夫妻关系都很透明，他们说情话或者吵架从不忌讳有外人在场。他们开始为那一堆上等鱼该如何处理而争执不休。乡长建议将它们统统剖膛，然后同其他鱼一样串在一起放到火墙上烘烤，而卡佳则坚持鱼要体肤完好如初，等待鱼贩子上来收购。

"你明天还等不来鱼贩子的话，等来的就会是一堆臭鱼！"

"我不能让它们变成臭鱼！"卡佳心疼地看着那堆鱼说，"这么漂亮的鱼，臭了它就是我的罪过！"

那信誓旦旦的模样，看来要是那堆鱼真腐烂变质了，她会毫不犹豫地为鱼殉葬的。

我和陈林月从乡长家出来后她告诉我，乡长的老婆是"三毛子"——也就是俄裔第三代混血儿。卡佳的外祖父曾是中东铁路的一名建筑设计师,在哈尔滨与一位中国姑娘生下了卡佳的母亲。卡佳的母亲原来在哈尔滨教会学校当老师,"九一八"事变后,卡佳的外祖父突然失踪,外祖母因思念成疾而死,卡佳的母亲便跟随一个手工艺人来到齐齐哈尔。他们在齐齐哈尔开了家铁匠铺,生下了卡佳,日子过得比较和顺。可是战乱不断,卡佳的父亲因为运一批铁器在去昂昂溪的路上被日本人抓去做了劳工,不久便因饥寒交迫而死去了。卡佳与母亲相依为命,她们开了个烧饼铺,勉强维持生计。好不容易熬到日本人投降了,卡佳的母亲却突然得场暴病死了,才十二岁的卡佳被一个好心的饭铺掌柜给收养了。可是卡佳不喜欢齐齐哈尔这个城市,她就在二十二岁时偷偷地坐着小火车离开了那里,一路奔向大兴安岭,沿着塔河、十八站、十九站一路走来,最后来到了黑龙江畔的白银那。陈林月说,像她父亲这辈人都记着卡佳初来白银那的情景。那是初秋时节,天已经很凉了,因为那一段阴雨连绵,所以白银那终日缭绕在白雾里。有天傍晚,几个年轻力壮的汉子正拢着火在江边打鱼,突然看见一个姑娘挽着个包袱从雾里款款而来。她衣着不整,一根长辫子直垂腰际,宽宽的额头,褐色的眼睛,肤色苍白,眉心和下巴上各有一颗粗黑的痣。现在的乡长、校长和陈林月的父亲等一伙人,看见卡佳时都以为自己的眼睛出了问题。卡佳并不在意别人如何打量她,而是来到那堆火旁,将上面烤着的鱼顾自拿起来吃着。由于她吃得飞快,有一刻被鱼刺卡了嗓子,便捶胸顿足地在沙滩上嗷嗷叫着,后来陈林月的父亲递上个白面馒头,才把鱼刺随馒头送进肚里。吃过鱼,她低下头用手捧着黑龙江水,透彻地喝了一通,然后直起腰对着那群目瞪口呆望着她的男人会心一笑,说:"这里的鱼和水都这么好吃,这是哪儿?"

"白银那。"有人告诉她。

"我喜欢白银那。"卡佳说,"我要留在这儿。"

"你是从那儿来的吗?"有人指着对岸说。因为雾天泅渡并不困难。

卡佳摇摇头,说:"我从齐齐哈尔来。"

卡佳对人们讲了自己传奇般的身世,使得所有的听众都为她唏嘘不已。人们帮她找了个住的地方,又教她捕鱼,渐渐地单身汉们都喜欢上了她。只要是打了猎物或捕了鱼,第一个品尝者必定是卡佳。白银那的女人也把酿制牙各答酒的传统手艺传给她,没想到她天生一点即通,再加上她的创造和想象,用雪来熬制浆果,使得酿成的酒更加猩红,更加酸甜撩人,赢得了人们的喜欢。两年后她出落得更加丰腴美丽,楚楚动人,惹得向她献殷勤的单身汉都难以自持,亲昵异常,卡佳也不在意人们的非礼行为。但她把自己的身体投向王得贵的怀抱,却让人们吃惊不已。因为王得贵当年只有十八岁,说话不多,斯文懦弱,对付一个比他强壮许多且年长六岁的女人,几乎所有的男人都认为他难以胜任。可王得贵却十分钟情卡佳,脑子一闲下来时就想她那张脸,琢磨那两颗痣留哪一颗更出色。想不到两颗痣的命运突然全都属于他了,这令他不由欣喜若狂。和卡佳结婚以后他才渐渐改变性格,开始变得爱开玩笑,常常在人前呼唤卡佳:"过来,我的小母牛!"令人嫉妒不已。他对酒的热情也是卡佳培养的。这,成了以后他们感情淡漠时王得贵泄愤的常用手段。

"当年你爸爸没准也喜欢过卡佳呢。"我笑笑。

陈林月也回以一笑说:"我问过他,他嘴硬得很,连连说混血儿身上有腥气,不过话没说完就叹气了。"陈林月随之忧戚地说:"女人的变化真是可怕,一生孩子,一过上几十年,人老了不说,行为举止也变粗俗了。"

"她对我似乎心怀不满。"我说,"为什么?"

"乡长多看哪个女人几眼她都不高兴。"陈林月说,"听说她年轻时可不这样,女人们都爱往她家跑,对卡佳曾抱有好感的男人去他家,乡长也欢迎。"

"衰老使一个女人觉出此生美好时光已经消逝,这才变得爱发牢骚。"我说,"不过卡佳还是挺直率可爱的,我真想在白银那病上一场,让她高兴一回。"我笑笑说。

我的到来毕竟使陈林月的心情有了好转。我打算连绵春雨一停就离开白银那。今年的冰排已经过去了,我相信明年冰排到来时,陈林月看冰排时会更成熟一些。但我内心里还是隐隐担忧,觉得她丰富的内心世界在白银那这样的环境中显得孤单凄切,她与马川立之间不断出现的隔阂也令我惆怅。当然,我相信生活的过程终会帮助一个人认识自我,哪怕那结局是失败的。所以陈林月每向我咨询某件事的具体方案时,我总是发表一些并不做判断的见解,我生怕自己的生活经验会给她一些错误的引导,虽然说某些观点对我来说至关重要,但对别人也许一文不值。我确信,一个人只要有活下去的信心和勇气,是完全能够建立自己的世界观的。而我在接到陈林月的信的时候,曾一度认为她生过轻生的念头,看来是她描述的春寒料峭的月下江边跑冰排的场景给我带来的幻觉。可是自我在江边见到为着鱼汛而悉心忙碌的陈林月的那一瞬间,我便明白自己的判断失误了。既然陈林月如此热爱生活,她断不会自杀的。

陈家今日的晚餐格外丰盛,堪称我有生以来吃过的最丰盛的鱼宴。陈林月说这也是鱼汛以来吃的最安闲的一顿饭。花翅子是用油慢慢煎透的,表皮松嫩酥脆,里面的鱼肉却是柔软白皙。狗鱼被干炸过了,吃起来很有嚼头。鲇鱼炖了半锅土豆,是可口的家常菜。小杂鱼则被调了汤,上面撒着一层经冬晒干的香菜末,分外诱人。酒当然是当地人自酿的牙各答酒。"牙各答"学名"越橘",陈林月说它们喜欢匍匐在漫坡上生长,叶子光滑呈卵形,结成的果实有黄豆那么大,暗赤色,有人称它为"北国红豆"。我对酿酒一无所知,但这种酒的醇香却打动了我,我连喝了三杯。陈林月的哥哥还一直鼓励我喝下去,说这种果酒并不醉人。可我认定美酒不可多贪,酒在腹腔柔曼地滑过时给我一种美妙的音乐绕梁三日不绝的感觉。有一刻我感觉身轻如燕,周围云絮乱飞,真仿佛登临仙界一般。

陈家仍然有极少一部分鱼未被处理,他们还抱着一线希望等待明天会有转机,来了鱼贩子,或者盐价落了下来等等。陈父看来并未睡实,我不时听见他在用砖搭起的地铺上辗转反侧,铺就的薄板发出吱吱的声响。屋里的空气有些沉闷,也许是炕的热气与鱼腥气混合而成的缘故吧。

我也倦意重重了,不知明天早起时雨是否还会下。


## A3:腐烂

乡长一觉醒来后发现卡佳不见了。他用手试了试火墙,很烫,知道卡佳为烘鱼起大早烧炉子了。绕到炉膛一看，果然里面凝着一堆暗红的火炭。火炭已接近残局，告诉他卡佳至少起来两个小时了。

天色还灰蒙蒙的，雨仍然淅淅沥沥地下着。乡长打开门后倚着门框打了个响亮的喷嚏，然后冲着院落喊："卡佳，我的小母牛，你在干什么？睡这么少的觉你会发脾气的，快进来再眯一会儿！"

院落飞着轻盈的雨雾，障子上挂着尚未收好的渔网，稀稀落落的水草还缠绕其间。没有卡佳的回声，乡长便兀自开了一句玩笑："你可别为了盐找马占军献身去，马占军不认别的女人，可就认你！"

当年马占军也是追求卡佳行列中的一员。他献殷勤的方式很有点文化气息，常常是清晨就去草甸子采花，然后将它们用青草扎成捆放在卡佳的门前，使得卡佳睡眼惺忪推开门时就被花儿打动，无忧无虑地哼起欢快的俄罗斯民歌。只要听见卡佳在早晨唱歌了，便知马占军又送上了鲜花。然而白银那的花季并不像马占军所期望的那般长久，一入九月，天高云淡之时，便落英缤纷，那时马占军便望着南飞的大雁而灰心丧气。有个已经过世的男人当时最爱开马占军的玩笑："你到了冬天给卡佳送什么花？送雪花吗？"

卡佳结婚时只有马占军没有到场，王得贵事后揣着一把喜糖去看他，马占军连门都没给开。

"卡佳，我的小母牛，你怎么不回话呀——"乡长歪着脖子又冲门外喊了一声，"你在上厕所吗？怎么撒这么长的尿，把咱家的地弄涝了……"乡长嘟囔着反身坐在厅堂的板凳上，想着昨晚和卡佳为着鱼而吵架的事，不禁为自己出言不逊而心生愧意。昨夜因为烘鱼而烧了过多的火，屋子里温度升高，待他们躺到炕上熄了灯卡佳才蓦然想起，鱼再在屋里过上一夜就会腐烂。乡长那时正想从卡佳身上寻一番温存，不料她一把推开他翻身起来，将灯拉亮，使乡长心中仅存的那点柔情被明晃晃的灯光照得荡然无存，一时格外恼火。卡佳穿着背心短裤一趟趟地往屋外搬鱼，等她再次回到炕上时已是满身腥气。乡长便没有好气地说："腥得真够味呀！"卡佳说："那就别沾腥！"乡长又说："我不沾腥要你做什么？"卡佳骂了一句："当年我怎么偏偏看上了你这么个东西！"

乡长一怒便拍炕而起，朝卡佳喝道："不要以为当年你迷倒了白银那的男人们就自以为是！那是当年，现在你问问这些人想不想要你？"乡长气急地说："白送都不要！"

两个人因为一时说话绝情而彼此分开，一个睡炕头，一个睡炕梢。吵过架后乡长在黑暗中脑袋反而清醒极了，他以为卡佳会像以往一样哭闹一场，他等待着那个痛苦时刻的到来。然而卡佳不久就起了鼾声，鱼汛带给她的疲乏终于战胜了屈辱和悲哀，这使乡长一颗高悬的心落了下来。他相信明日早晨起来卡佳会一切如旧，假若再有鱼贩子来或者意外得到了平价盐，他们错过的良宵也许会温柔重现。

乡长为自己判断正确而感到愉悦。火炉里的火炭热情地证明了这一切。卡佳仍然在全身心地为这个家而忙碌着，虽然说她人老了，嘴巴也常常在众人面前现丑，但她仍然是白银那最出色的女人。她热爱鱼，热爱生殖，热爱饲养家禽，热爱用雪来酿制牙各答酒，这样的女人还有什么可挑剔的呢？乡长便在心里跟自己说："真不该多看那个姓古的老师几眼，让卡佳吃醋了，等到下次去黑河时一定给她多买几块头巾。"

乡长拍了拍膝盖,想想用几块头巾打发卡佳实在有点委屈她,于是又想着怎么再买点什么贵重物品,一时冲口而出:"再买一副银手镯!"

正当他想入非非之时,大门口一下拥进来五六个人,一看他们满脸愠怒,乡长便知道又是为盐而来。人们都说为了那些鱼一夜都不曾睡好,早起时鼻子里已经腥气不足、臭气有余了。鱼无可挽回地开始腐烂了。

"我们不要盐了,我们想要马占军的命!"他们这样说。

乡长蔫头蔫脑地说:"你们要了他的命,最后你们的命也留不住,何苦呢?不就是几条鱼吗?鱼难道比人还值钱吗?都回家去好好歇着吧。"

"你哪像个乡长,纯粹马占军的孙子一个!"其中一个脾气暴躁的人说,"他手里有你什么短处?拿他家值钱的东西了,还是睡他的老婆了?"

乡长鄙夷地一喢嘴说:"我守着一头可爱的小母牛,我还去睡他的老婆,咦嘀——"

有人短促地笑了一声,但浓烈的敌对情绪将这泡沫似的笑声击碎了,"既然这样,还怕他做什么呢?人都怕不要命的,我可不是吓唬你,我家连人吃的盐都没了,可别让我的老婆女儿成了白毛女,我家反正还有十二支雷管没用呢!"

"你们别急,也许卡佳想出了办法。"乡长来到院子又扯着嗓子喊了一声:"卡佳——"

雨悄悄地淋湿了他的头发。

"卡佳——"乡长来到仓房,见到昨夜被卡佳搬到户外的鱼一条条均匀地摆在木板上,便知这是她生过炉子后怕鱼挤在一起坏得更快而如此这般做的。

"卡佳——"乡长又来到屋后的厕所。葫芦瓜的藤蔓曲曲弯弯地爬到厕所的侧板上,正上扬的嫩绿的须子像个问号一样面向苍天。仍然不见卡佳的影子。

乡长回到屋里,问:"你们谁看见卡佳了?"

"你都看不见,我们上哪儿看见她?"

"这娘儿们爱鱼都爱疯了,她肯定为盐去找马占军了。"乡长说,"你们从来不知道过太平日子,造反造反,不出事你们是不会罢休的。都回家去吧,将来这烂鱼的钱等我发了迹赔给你们!"

"等你发迹——"大家都说,"除非太阳从西边出来了。"

乡长撇开众人朝马家食杂店走去时心中忐忑不安。马占军若是把他平白无故要他们家酒的事一抖搂出来,卡佳会为此而瞧不起他的。他每回揣着酒回家,都说是买的。卡佳又不了解现在的酒价,以为乡长的那些钱喝酒绰绰有余,因为这个女人一向以为酒永远跟水一样廉价,因为它是让人喝的东西。在她心底,外面的酒都不如她自酿的牙各答酒甘醇可人,所以认定店里卖的酒全都是人老珠黄的货色,值不上块儿八角。若是告诉她稍稍好一点的瓶装酒的价钱都在十几元,她一定会哈哈大笑的。也许是由于马占军当年拒绝参加他们婚礼的小气劲儿惹恼了卡佳,那以后的日月她与马家疏于来往,买柴米油盐的事都由乡长代劳。有几次她听见白银那的女人议论马家开的店价格不公,就对乡长发牢骚说:"他家仗着什么?胆儿可真肥呀,要煞煞他的威风,别以为老虎的屁股长在了他身上。"

几十年的日子过下来,乡长已经习惯于当个和事佬了。他做官的诀窍就是糊涂度日,忍辱负重,并认定如此便能天下太平。

乡长走到马家时灰蒙蒙的天色已经转换成银白色,雨也小得多了,细若游丝,完完全全像是在下雾了。马家的屋子亮着灯,马家夫妇大概也是彻夜未眠,眼眶乌青,面上的疲惫之色格外明显。

"卡佳来过吗?"

马家夫妇困惑地摇摇头。

"卡佳不见了。"乡长觉得心凉了半截。

"你知道她从来不上这里来的。"马占军说,"她能去哪里?"

"她爱鱼爱得要疯了,白银那的人爱鱼都爱得要疯了。"乡长激动地说,"卡佳要去哪里肯定是为了鱼,不然她是不会一大早就离开家的。她还生了炉子。"

"大家宁肯让鱼烂了也不来买盐,这是为什么呢?"马占军颇为悲伤地说,"连我儿子川立也反对我,昨晚他一夜都不进家,现在还待在雨里,他是想活活折磨死我们。"

"川立在哪里?"乡长问。

"就在园子的豆角架下坐着,淋了一夜的雨,他一夜都不进家,我和他妈差点给他跪下了,他就是不进来。"

"那你们怎么还不落下盐价?"乡长说,"川立可是你们的独苗。"

"我不相信他不吃不喝还能再坐上一夜。"马占军咬着牙说,"他犟,我比他还犟,我不信他不要命了!"

马家媳妇忽然哭了,"算了,这盐价还是落下来吧。"

"女人见识！"马占军呵斥了她一声，"你忘了当年向人求爷爷告奶奶借钱治病的那滋味了？我忘不掉！"

"那你就记着，带到棺材里去吧。"乡长回敬了一句，走出门来看了看在豆角架下坐着的马川立。他面色寡白寡白的，双目无光，像是个痴呆。乡长本想规劝他几句，但一想到卡佳，双脚还是迈出马家的门槛了。

乡长走在白银那被鱼腥气笼罩的小巷里，每见到一个人都要问一声："见到卡佳了吗？"而别人的回答总是说："还没来鱼贩子？马家的盐价落没落呀？"

当他走到小学校门口时正碰见踱着方步背手散步的校长，他一见乡长就苦不堪言地说："为着那点鱼，老婆把我骂了个通宵，今早起来时没腌上的鱼都有味儿了，看来今天我连早饭都混不上了。你也真是蠢，鱼汛结束的当夜请来几个鱼贩子不就好了吗？"

"电话线断了，我又不能插上翅膀飞到城里去；原想让每天一次路过咱这儿的长途车给捎个信出去，谁知道这几天连车也停了呢！一定是下雨天养路段的人怕毁了路不让通行了，唉。"乡长长叹一声说，"卡佳都不见了。"

"这么大的人怎么能丢？"校长说，"上哪家串门去了吧？"

"她哪还有串门的心思？"乡长说，"又没去弄盐，难道她发了疯走着进城了？"

"她可没你那么傻，徒步进城，等她走到城里时鱼早就烂成了苍蝇。"

他们正说着话时王丙林老汉扛着杆猎枪从山上下来了。他的裤脚被露水给打湿了，手上提着只花翎毛的野鸡。校长说："这样的鬼天气还能打到野鸡,你老的眼力和运气都不坏呀。"

王丙林"咳"了一声说:"倒是碰见了大东西,没敢打,咱怕犯了法去坐牢。"

"就是这个野鸡现在都不能打。"乡长拍了拍后脑勺说,"这是国家几级保护动物了?反正是受到保护的。你们小打小闹打这个我就当没看见,自己吃行,可别拿出去卖,一张扬出去对咱白银那可不好。"

"碰见什么大东西了?"校长问。

"黑瞎子(黑熊)。"王丙林说,"离我不过五十来米,出了树洞用爪子挠柞树叶子玩,挺淘气的一头小公熊。"

"没让它伤着你就不错了。"乡长说,"你要是打了黑熊,我这个乡长也就当到头了。"

王丙林说:"就是我不打,这头熊也会被其他人打死的。"

"你怎么知道?"乡长问。

"我在那一带的矮树丛中发现了一行新鲜的脚印,这么早进山的人一定是为了打猎。"王丙林老汉抖了抖手中提着的野鸡,那些斑斓的花翎毛随之飘摇着,"脚印倒不大,像是穿三十八码鞋的人,我还想不起来咱这里有穿三十八码鞋的猎人。"

"男人哪有这么小的脚?"校长说,"那脚印肯定是女人的。"

"谁家的女人能这么早进山?"王丙林说,"还是一个人?"

"卡佳可是不见了。"乡长心惊胆战地说,"可别是她。"

"她又不能缘木求鱼,又不能掘地生盐,她进山干什么?"校长背着手文绉绉地说着。

"你就说大白话得了。"乡长一搓胸脯说,"你一说书上的话我就更心烦。"

王丙林又说:"这个猎人倒也怪,还挑着一副铁桶。"

"你又没见着人,你怎么知道?"乡长问。

"我进了一辈子的山,我连这个都看不出来我就白活了。"王丙林说,"在脚印旁边,有一处有两个圆圆的湿泥印,面积跟咱们吃水的桶一般大。如果不是挑着的铁桶,而是挎着的,那么两个圆圈会相扶着,而我看到的两个圆圈一前一后,中间有一米多的距离,证明这桶是被人挑着的,放下桶时扁担搭在了桶沿上。"

"听您的话可真长见识。"校长说,"那您说这个人在那个地方放下铁桶做什么?"

"肯定不是为了歇脚。"王丙林老汉呵呵笑着,"是撒尿。"

"你怎么知道不是为了歇脚呢?"乡长追问。

"这个人是挑着空桶进山的。"王丙林说,"这样人是不需要歇脚的。"

"你怎么知道是挑着空桶呢?"

"如果桶里挑着东西,人的脚下吃力,脚印会很深。可是我看到的脚印却浅浅的。"王丙林老汉又说,"何况桶的印迹也不那么深,若是桶里装着东西,桶痕会深深的。"

"可是这个人进山做什么呢?"校长问。

"我也纳闷,猎人是不挑着担子进山的,除非是采山货的人。可是现在才在春上,别看下了场雨,木耳和蘑菇也长不出来,都柿和牙各答连花都没开。想来想去,只能还是打猎的人。这个人怕打着大动物回来不好交代,就挑着一副担子,把这动物给肢解了,用桶担回来。"

"所以你才说这熊也会被其他人打死？"乡长说。

"那是啊。"王丙林再次顿了顿手中提着的野鸡，说，"一会儿都去我家喝野鸡汤吧，挺肥的呢。"

"卡佳要是回来了，我真就去喝。"乡长说，"我都有两个来月没沾到野味了。"

"什么？"校长旁敲侧击道，"上个月咱俩还一起喝酒，吃着李阳打来的狍子肉呢。"

"狍子肉？"乡长鄙夷地一嘬嘴说，"那也算野味？"

"看来你是想吃熊肉了。"校长说，"连狍子肉都不算野味，胃口越来越大了。不过我可告诉你，熊肉吃多了头发爱生油腻，弄得枕头跟擦了黑鞋油似的，还不得天天挨老婆的骂！为了这种口福可不值得！"

乡长回到家里时就冲着屋子喊："卡佳，你让我找了一个早晨，全身都湿透了，你也不给我做碗热汤喝！"

屋子里没有回音，他挨屋子走了一圈，心中更加忐忑不安，这没有人影的屋子看上去空空荡荡的。

外面的雨已经停了。灰白的天色正渐渐变得更加明亮起来。乡长在去后园子找卡佳时被两只鸡挡了去路，便气咻咻地骂道："找不到卡佳，我就宰了你们烧汤！"鸡似乎明白了不妙的处境，一耸身子急急地落荒而逃。

然而房前屋后找了个遍，仍然不见卡佳的影子。乡长便去仓房去看铁桶在不在。结果他首先发现一直挂在山墙上的桦木扁担不见了，这使他的心剧烈地一沉。进了仓房，果然也不见了两只铁桶的影子，乡长的腿就软了，看来王丙林老汉所说的那个猎人就是卡佳了。她一大早担着铁桶进山做什么？山上发现了熊，她万一遇到它，赤手空拳可怎么应付？

乡长急得眼泪就要冒出来了。他连忙走出家门，几乎是一路小跑着去找王丙林。一进院子先听到两个孩子的哭闹声，原来老汉的两个孙子为着争夺野鸡身上最好看的一片羽毛而犯了和气，他们的母亲正在大声呵斥着。老汉刚刚卸下绑腿，正打算松松脚吃顿安闲的早饭，乡长就颤着声追他来了："我家的扁担和铁桶都不见了——"

王丙林老汉吃了一惊，他说："挨家挨户问问，兴许是别人进山了呢。"

"不会的——"乡长撕心裂肺地说，"她就穿三十八码的鞋子。"

这时候小学校响起了上课的预备钟。钟声像是一个人失散的魂魄在东游西荡，更加深了乡长心中那种支离破碎的感觉。他忍不住咬着牙根说："谁把钟敲得这么哆哆嗦嗦的，这个敲钟人该换换了。"而老汉的儿媳则连忙回屋提着两个书包出来，大声地对那两个少不更事的孩子说："小祖宗，快去上学吧，要是迟到了你们陈老师又要训你们了！"

大概受训的滋味比得不到美丽的羽毛还要难受，所以两兄弟连忙休战，接过书包噼啪噼啪地跑着出去了。

乡长跟着装备齐全的王丙林老汉进山时又遇到了一些朝他要盐的人。他总是没有好气地说："抢吧，有能力就去抢吧，我什么也管不了。"

而大家听说卡佳失踪后都顿生同情，也就不再计较将腐的鱼的命运了。以养牛而出名的傅华树还自告奋勇地加入了寻找卡佳的行列。他们一行三人进山了。

白银那依山傍水，自然景观一直为外地人所钦慕不已。黑龙江因为鱼汛而使人永远感念，而山林里丰富的菌类植物、山野菜、野花野果也令人心旌摇荡。尽管他们也曾因有一年黑龙江"倒开江"而饱受水患，但山水带给人的益处还是占主导地位。如果不是因为寻人心切，那么春季进山也未尝不是一种享受。由于连绵春雨，所有的树叶和草茎都湿漉漉的，一种惊人的新绿在初起的阳光中沉浮着。山雀啁啾不已，灌木丛尽头的一棵被雷击中的朽树上则传来了啄木鸟啄树的声音，那是它在对付树缝中的虫子。灌木丛的阴沟里传来汩汩的流水声，粉红色的达子香花在树丛中无忧地开放着。乡长记得卡佳很喜欢吮达子香花，将状如莲蓬的花托取掉，花柱和萼片的甜香气便沉浸下来，用舌头抵住那个圆圆的小孔，轻轻一吮，清爽的花香气就在舌头上动情地打滚了。与其说卡佳进山采达子香花，不如说她吃花来了，因为每次回去后她半年不沾糖都不想念，可见那甜香气是多么悠久和撩人。而眼前悄然开放着的达子香花却并未给乡长带来愉悦的心情。

他们一行三人走到猎人发现熊迹的地方时太阳已经完完全全地冲出云层，像颗刚被剥了皮的鲜荔枝一般，将它银白如玉的脸庞亮给雨雾初晴的山林。残雾在袅袅散去，鸟声也越来越频繁，王丙林老汉指着一行新鲜的脚印说："快看，脚印——"

乡长俯身看了看脚印，他更加确信那是卡佳的。她挑着桶进山来做什么？他不由放声大喊一声："卡佳——"

王丙林连忙示意他住口，他说附近刚好有两座相对的山，人在此处呼喊，回声却在另一边出现，听到的人如果循声而去，背道而驰，就会酿下大错。

"可是卡佳也许在附近。"乡长焦急地说。

"等接近山脚时再喊她。"王丙林说，"现在她的脚印已经很明显了，她是沿着这条小路朝山里走去的，我们顺着脚印去寻她。"

"你估计熊现在能在哪里？"乡长火烧火燎地问。

"肯定在这一带活动。难道刚才你们没注意到熊的粪便？它还有些热气，离这儿不会很远。"王丙林将子弹推上膛，说，"万不得已我会开枪的——"

"你开你的枪——"乡长飞快地说，"犯了法算在我头上。"

"它要是不伤人，我就能省下这几颗子弹，我也不想碰它。"王丙林说。

一行三人沿着茂密的丛林中的一条毛毛道继续前行。每当乡长看见泥地上清晰的脚印时，他就仿佛看见了卡佳的微笑一样心中踏实；而当脚印落在青草上变得模糊不清、他们不得不停下来仔细辨认时，他就心慌得厉害。太阳一出来，森林中的热气就升了起来，热气与小雨过后留下的湿气混合在一起，使人的皮肤有一种刺痒难耐的感觉。乡长的眼前不由闪现出他第一次见到卡佳的那个有雾的黄昏，卡佳梳着条长长的辫子，她自然而然地走向篝火将烤鱼取下来吃掉，后来她又走向江水捧着它喝了个痛快。她抬头望着众人说的那句话乡长一生都忘不掉："这里的鱼和水都这么好吃，这是哪儿？"

"白银那。"别人告诉她。

"我喜欢白银那。"卡佳说，"我要留在这儿。"

他们快接近山脚时发现脚印变得杂乱无章起来。有一片草还乱糟糟地倒伏着。王丙林老汉"嘘"了一声，示意将脚步放轻些。那是一片次生林，不仅有松树，还有小白桦和黑柞木，被折断的树桩比比皆是。他们猫着腰敛声屏气地四处搜寻，前面的傅华树首先"啊——"的一声惊叫起来，并且用手捂住了双眼。王丙林老汉和乡长循声而去，看见卡佳四仰八叉地倒在地上，脖颈处鲜血淋淋，下巴不见了，那上面的痣也随之消失了，而眉心上的痣却仍然孤独地存在着。在卡佳的身边，一只桶倒了，另一只桶却仍然端坐着，扁担折断在脚畔，看得出她曾用它当作武器来抵御熊的袭击。乡长只觉得一阵天旋地转，傅华树连忙上前扶住他。王丙林上前试了试她的鼻息，便知她已气绝身亡。他抬了一下她的头颅，结果一根拇指粗的树桩血淋淋地由卡佳的脖颈处脱落而出。看来熊的袭击并不致命，只是舔掉了她的下巴，伤害了她的胳膊，而当她惊慌失措地逃走时不幸被遍地的树桩绊倒了，就在她仰倒在地的一瞬间，一根树桩恰好穿透了她的咽喉，使她毙命。卡佳的头发飘散着，上衣的两个纽扣已经掉了。她仍然睁着大大的眼睛望着苍天，目光充满了惊恐绝望。

王丙林老汉走到桶前，朝里一望，看见一桶冰块在熠熠闪光。阳光温柔地照拂着它们，使它们看上去更加玲珑剔透。

"卡佳原来是去背阴山坡的岩洞里取冰块去了。"王丙林说，"她取冰块做什么？"

"鱼——"乡长痴痴地说，"她怕鱼烂了，她想用冰块来保护鱼，鱼——"乡长哆嗦着双腿嘶哑地说，"我要把马家食杂店给砸烂了，我要把这林子里的熊统统杀光！"短暂的寂静后，随着一声悲恸欲绝、撕心裂肺的"卡佳——"的呼喊，山林中开始回荡起一个男人沉痛的呜咽。这时候流水声消失了，鸟声也消失了，银白的冰块像受了满腹委屈似的，在阳光下泛出一层细密的泪痕。

## B3：女教师日记

雨过天晴了，中断了几日的长途车想必又该恢复营运了。我决定等卡佳的葬礼结束后再动身。家家户户未得到及时处理的鱼已经开始腐烂了，有些人家将鱼扔在门前的垃圾堆上，腥臭弥漫开来。

我没有想到为了鱼卡佳会不辞辛苦地进山去采冰块。据说有一座山的岩洞里有终年不化的冰块，盛夏时节进山的人常常到里面沾沾凉气。卡佳是挑着一副铁桶上山的，她已经采到了冰块，在提着它们向回走时遇到了熊。据老猎人讲那是头小公熊，挺漂亮的，它只是舔掉了卡佳的下巴，真正使她绝命的是一根刺透她咽喉的树桩。卡佳死时眼睛还睁着。

卡佳被抬回家已是午后的时光了。乡长跟在尸体后面一直低声地呜咽着，不像是个失去爱妻的人，倒像是一个失了慈母的孩子在哭啼不止。白银那能走得动的人闻讯后都来乡长家祭奠卡佳。人们在她家的院子搭起了灵棚，不久一串灵幡就挑起在门口的障子上，纸片像乌鸦一样随风翻动着。我也走向那个院子。大家都把目光放在我身上，现出很惊异的神色，也许是因为我没有同陈林月一起来的缘故。我只是想独自看看卡佳。

葬礼主持忙得红头涨脸的，先是派人进城想方设法通知卡佳的一双儿女速回，然后又差人去筹备葬礼需用的物品和食品。院子的东北角搭起了一个临时火炉,硕大的茶壶在上面咕噜噜地响着,送出一股茶沤老了的气味。我进去后连忙将茶壶从火炉上撤下来,盖上火炉圈。这种俨然是女主人的举止更加令白银那的人目瞪口呆。

卡佳被平放在灵棚的木板上,已经由女人们为她洗过身子,梳过了头。由于寿衣还在紧张缝制,所以她还穿着平素穿的藏蓝裤子、米黄上衣。我撩开蒙在她脸上的白布时见到了一张残缺不全的脸,下巴上的肉几乎全空了,于是她眉心上的痣似乎成了面部中心。这使我有些后悔,其实我更应该记住卡佳活着时的那张生动的脸。那晚她一边用铁丝串鱼一边讥讽我的样子我总也忘不掉。我打了个寒噤蒙上了卡佳的脸。

乡长坐在一只矮板凳上守灵。大概由于悲剧的突如其来,他显得格外木然和呆滞。葬礼主持问他,是否可以借张家老太的棺材来先用?白银那有个风俗,老人一进七十岁,不管身体健康与否,都早早打下棺材预备着。据说备下了棺材的人反而越活越健康。那些中途夭折的人要尽快归隐黄土,借着现成的棺材是再好不过的事。而人们也愿意出借,据说被借的棺材的主人会因此大增阳寿。借棺材不能还棺材,只能还买这口棺材的钱,或者是打棺材所需的木料、油漆、铁钉和木工费等。眼下便有好几个备棺材的人家上门来等着了。葬礼主持选中了张家老太。原因是张家老太现在还能嚼得动豆子,棺材不会急等着用,而且人生得富态,棺材做得格外大方。可乡长却反对给卡佳借棺材,他说:"要单独给她打一口,要打最漂亮的!"

葬礼主持便小声说:"怕是时间来不及呀。"

"那就让她等。"乡长说,"停三天不行,就让她停五天。"

"停的日子多当然显得隆重,可是你不想想多停一日就多一笔开销,帮忙的人吃饭你管不管?"葬礼主持小心翼翼地说,"何况,这天气一天天热了起来,人停久了怕是会像没有撒盐的鱼一样……"

提到鱼,乡长就想起了马家的盐,便大吵大嚷着要把马家斩尽杀绝,于是大家又上来好言相劝,使暴跳如雷的他暂时安静了下来。我对他说:"乡长,为什么不给卡佳借一副棺材呢?能够让故去的人尽快入土是对她的一种尊重。"

"可是卡佳不喜欢用别人的东西。"乡长低声地说,"要是让她睡着别人的房子,她在地下会埋怨我一辈子。"

我理解了乡长,葬礼主持也不再争执了,连忙去请木匠来打棺材。我很想陪乡长多说几句话,可一想到是在卡佳的灵前,便收敛了这想法。更何况出出进进乡长家的人都把目光放在我身上,惊异于一个异乡女子竟然前来参加葬礼。

我同女人们一起择菜做饭,但她们并不和我说话。缝寿衣的女人每逢抬头用针抿一下鬓角直直腰的时候都要讳莫如深地望我一眼。我并不计较,依然忙活。到了黄昏,陈林月下班也来了,她说校长准她两天假,让她来帮助料理料理,我们一起在乡长家吃了顿豆腐丧饭,然后告别乡长回家。离开时灵前的长明灯已经点了起来,一束插在五谷米中的香也氤氲地暗燃着,释放出干燥的浓香气。

陈家的火炕依然被烧得滚烫。卡佳的死讯使陈守仁咳嗽不止,他甚至连晚饭也没有吃,连连埋怨卡佳是个糊涂虫,分不清主次,为了鱼而丧了命。之后又追根溯源地骂马家的人,说是天明时要爬着去啐他一脸唾沫。然后又骂老猎人王丙林,嫌他发现熊时没有及时杀死它,让它有了祸害人的机会。"人打熊犯法,熊伤人就不犯法了?熊怎么就那么自由?怎么不给熊编个纪律?"说得陈林月的哥哥连忙跑到屋外偷着笑。

被淡碱水卤过的鱼泛着生石灰一样的颜色。鱼虽没有干透,但已经感觉出了它的硬度,难怪陈林庆把它们比喻成干柴棒子呢。最后的那批鲜鱼难逃厄运,已经被陈家深埋在花圃下,用作花肥了。想必今年的花朵会分外妖娆吧。

鱼仍然占据着人休息的位置,陈家父子只能继续屈居地铺。未着油漆的土炕上的鱼果然干得快,陈守仁免不了又要唠叨儿子的炕面是华而不实的,说穷人家不该有着油漆的炕面,并称那面炕是小姐的身子丫鬟的命,就差说那炕是败家子了。弄得心情沉郁的我们很想为他的牢骚而笑几声,可心里的辛酸还是占了上风,笑不起来。

天黑了,空气太凉了。家禽们安然地守着自己的领地,打盹儿休息。我站在院子里,朝乡长家张望着,晚风中传来刨棺木的声音。灵棚灯火通明的,在夜里像枝盛开的马蹄莲花。我很想到江畔去走走,看看夜里的江面上泊着些什么,也许会不期与卡佳幽蓝的灵魂相遇呢。

正要和陈林月携手而出的时候,马川立的母亲哭丧着脸来了。陈林月见到她便没有好气地问:"你到我家来干什么?"那女人什么也没说,一行眼泪先下来了。陈林月便压低声音说:"你别往屋子里走了,要是让我爸看见你,不把你骂个狗血淋头才怪!"

"你劝劝川立吧,今晚他还不想回屋。"她可怜巴巴地说。

"他不回屋跟我有什么关系？"陈林月说完，又追问着，"你说他今晚还不想回屋，那他昨晚也没回屋，他去哪里了？"

"他和我们怄气，嫌我们把盐价吊高了。他蹲在园子的豆角架下，都几十个小时了，人还淋了雨，水米未沾的，我真怕他这样下去会没命了。"

"好啊——"陈林月气恼地说，"这样下去，埋完卡佳，就该你儿子了。都是为了盐，咱白银那一下子就出名了。"

那女人的泪水越发抑制不住了，仿佛她的儿子已经死去了。她连连拱着手对陈林月说："卡佳的死讯一传来，川立他爸爸就不再和我说一句话，只是把小黑板上的盐价落下来了。现在他爷俩一个屋里一个屋外地发愣怔，你好歹帮我一回，说说川立吧。他有一回发高烧时一直喊着你的名字，不然我是不敢涎着老脸来求你的。"

陈林月目光迟疑地看了我一眼，我冲她点点头。她说："你先回去吧，一会儿我就来。"

我和陈林月随后来到了马家。鹅圈里的鹅首先嘎嘎嘎地叫起来，一片骚乱，接着一条才断奶不久的小狗虚张声势地汪汪了两声。这是条毫无战斗力的狗，它一边叫着一边后退，显得比它的主人要懦弱得多。陈林月撇下我独自走进菜园，走到豆角架前时喊了一声："川立——"

我没有听到马川立的回答。

"你这是何苦呢？"陈林月的声音带着一股哭腔，"快出来吧，你爸爸把盐价已经落了下来。"

"可是鱼都烂了，卡佳也死了，盐还有什么用呢？"马川立终于声音嘶哑地说话了。

"这么说你也想跟着鱼和卡佳去死？"陈林月说。

马川立这才从豆角架下出来。他摇摇晃晃地扑在陈林月的身上，说："我刚才一直听着锯声和斧声，他们要给卡佳打一口木头棺材。要是现在还跑冰排多好，就让卡佳睡在冰棺材里，随着江水漂啊漂。她是那么喜欢这条江，也许早晨时小鱼们还会给她梳头……"

"你发高烧了，快回屋歇歇吧。"陈林月说。

"我歇了这么长时间，都歇乏了。"马川立说，"我现在想明白了，我是不能再和你好了，马家不配有你这样的儿媳妇！"

陈林月扶着马川立回屋了。我一直站在院子里，锯声悠扬，斧声清脆，我能望见远山幽蓝的剪影。一个人就这样去了，活着的人在悉心准备为她送别。我惧怕人世间的一切告别情景，尤其是生死离别。可我又是那么发自内心地渴望送卡佳上路。

我和陈林月离开马家后又去了江边。江面上波光浮动，在月夜下泛出银灰的光芒。偶尔能看见一两只水鸟贴着水面寂寂地扇动翅膀。陈林月忽然用手捧住脸嘤嘤地哭了，她的哭声在天地间显得太微弱了。我拍拍她的肩膀，想说点什么，可我又不知道能说些什么。在这种时候，语言没有流水和鸟语更有说服力。

当她止住了哭泣后，我问："还想哭吗？"

"够了。"陈林月凄然一笑，"已经很痛快了。"

"那咱们就回家吧。"我说。

陈林月冲我点点头，她那张出奇冷静下来的脸给我带来了深深的酸楚。我们路过灵棚的时候见长明灯前坐着乡长，他背对着我们，佝偻得很厉害，几个人正在一侧紧张地打棺材。

长明灯的棉芯浸在油里，灯光一明一暗。

那一夜我和陈林月很晚才睡着，第二天一大早就被陈林庆的叫嚷声给扰醒。我们以为出了什么大事，连忙披衣下地。陈林庆站在门口大声地说："看看，快看看，一共有六袋盐呢，我一大早推开门就发现了，它们就放在门口！"

我走过去一看，果然在大门的木桩旁见到了六袋雪白的盐，它们在晨曦中显得分外纯白动人。

"这盐会是谁送的？"陈林庆说。

"肯定是马家的人。"我说。

"不可能，这个人从来不吃后悔药。"陈林庆说。

"那也未必。"陈林月插话。

"林庆林月——你们进来跟我说说呀——出了什么事了？"陈守仁在屋里声嘶力竭地叫着。

陈林月一边往屋里走一边说："大门口发现了六袋盐！"

"这是老天爷长眼睛了！"陈守仁哆哆嗦嗦地说，"卡佳升了天堂，派仙女给咱白银那送盐来了！"

陈林月对我眨眨眼，悄声说："他的想象力可以跟雨果媲美了。"

"那你以为是谁送的？"我问。

"马川立吧。"陈林月蹲在灶前点起火来。

然而事实证明陈林月的判断未必准确。因为所有白银那的人在早晨起床后都在自家门口发现了盐。人口多的人家就多一些，而人口少的就相对少一些。这说明送盐者并不仅仅针对陈家，而是顾及了白银那的家家户户。

"也许马占军亲自送盐上门了。"陈林月说。

就在大家对盐的突然出现而议论纷纷的时候，乡长的儿子赶回白银那奔丧来了。他背着个牛仔包，看上去文质彬彬。他说在半路上遇见了马占军，他正吊在半空的树上接电话线。知情者便明白了其中缘由，断定电话线当时并非雷电击坏，而是被马占军故意掐掉的。据说乡长的女儿出差去了杭州，无法赶回来了。人们对乡长的儿子说熊进了镇子伤害了卡佳，并没有说去采冰块，更没有说出鱼汛结束后的抗盐风波。

乡长见到儿子的一瞬怔了一刻，然后才呆呆地指着卡佳的尸首说："是熊，一头小公熊——"

乡长的儿子噙着泪水点点头反身进屋了。人们以为他会跪在母亲的灵前痛哭一场，因为大多数人以哭声的势头来判断失去父母的子女的孝心的真伪，但乡长的儿子让人们失望了。他进屋后坐在炕沿前一言不发，待到女人们撤出屋子，为卡佳穿戴刚缝好的寿衣的时候，他才飞快地打开一口箱子，将猎枪和子弹一一找出来。但猎枪已搁置多年，他一时怔在枪筒和枪膛的斑斑锈迹上。这时乡长进来了，一见猎枪，便大声地训斥起来："你要干什么？"

"我要进山干掉那头熊。"他说。

"你妈妈明天就该下葬了，你不给她挑灵幡，你进山打什么熊？"

"妈妈已经死了，谁给她挑灵幡都是一样的。"儿子说，"可是熊还活着，它还会再祸害人的。"

"它不会再来祸害人的。"

"它能来白银那第一次，就会来第二次。熊应该明白它只能生活在山林里，进了镇子的熊就不是头好熊。"

"你妈妈是进山采冰块时遇到熊的，它并没有进咱们的镇子。"

乡长无可奈何地道出了实情。

儿子颓然放下了猎枪。看那平静持重的表情，似乎他并没有过多计较马家的所作所为。葬礼有条不紊地准备着，大部分人家都送来了挽幛和烧纸，与卡佳交往甚密的人还戴了孝布。我和陈林月那一天都在乡长家帮忙，我下厨掌勺，陈林月负责洗菜，当我的下手。人们对盐的突如其来一直有种种猜测，大多数人把它当作了神话故事，认为是上天赐予的。他们不相信马家的人会在夜半时将盐分别送到每一户人家。乡长家门口的盐属于白银那之最了，足足有十斤，因而我在做菜时忘记了适量而行，几乎每道菜都放过了盐，咸得人们没撂下筷子就找水喝。我连忙检讨自己的过失，可白银那的人友善地说多吃盐长力气。那就让他们多长力气吧。快近黄昏的时候，一个察看墓地位置的人回来说，他路过马家时听见马占军和老婆在院子里哭，说他们的儿子人事不省了。陈林月剥葱的手就哆嗦了一下，我连忙问怎么人事不省了。那人满嘴溅着唾沫星子说："我进去看了，那孩子倒在炕上，浑身烧得滚烫，脸白得吓人，连眼睛都睁不开了。马占军像个蔫茄子一样坐在门槛上，连头都不敢抬。他老婆一边在院子里给老天爷磕头一边哭。"

"怎么不去请医生？"我问。

"请了，咱李医生说不给马家的人看病。"那人沾沾自喜地说。

乡长的嘴唇动了动，想说什么，可最终还是闭上了嘴。陈林月心神不定地望着我，我只能一遍遍地把目光放在乡长身上。后来他起身走到我身边，在众目睽睽之下对我说："你跟我出来一趟，我找你说个事。"

我跟他出了院子，他却没有停下脚步。天色已经发灰了，他仍脚步飞快地走着,我不知道他要领我去哪里说事。后来他在一户人家门口停下,狗冲我们叫起来。他这才回过头对我说:"别怕,拴着铁链子呢。"我亦步亦趋地跟他进了里屋。屋子里有一股来苏水的气味,我马上明白来到哪里了。一个中年男人正坐在矮板凳上挑豆芽,见了乡长,连忙起来让座,乡长摆摆手说:"早晨起来时你家门口有盐吗?"

那人木讷地点点头。

"那还不快给川立那孩子看病!"乡长斥责道。

"那盐真是马家给分的?"

"你还算是个知识分子,真是白读书了,盐还能从天上掉下来?"乡长说。

"可是马占军这人实在太黑心了。"

"你要是还不去给川立看病,我就开除你,你这辈子就别想挂听诊器、穿白大褂了!"乡长直了直腰,转身离开了。

"你为什么要找我一起来?"我问。

"我一个人出来,大伙儿肯定明白我是来劝医生的,不会让我出来。"乡长说,"跟你一起出来,他们就往别处想了。"

"你儿子真不错,到底是读过书的人,那么通情达理。"我说,"换作一般人,也许要替母亲报仇去了。"

乡长停下脚步,他目光犹豫地看了我一眼,说:"你以为他知道真相后真老实了?他下午就偷着在仓房里裹汽油弹,想出完殡就去放火烧马家的房子!"

我大吃一惊,许久不知该说什么。乡长说:"这小子还自以为神不知鬼不觉呢。"

"那你怎么对付他？"

"我当然是不会让他去做蠢事的。"

"难道你就真的不恨马家？"

"我这一辈子最不喜欢听'恨'这个字……"他又一次停下脚步，忽然轻声问我，"你什么时候离开白银那？"

"明天。"我说，"送完卡佳我就走。"

"白银那好吗？"他又问。

我的泪水不知怎么地忽然夺眶而出。我哽咽着说："我忘不掉白银那。"

真的，我忘不掉白银那。又是深夜了，陈父仍然在木板床上辗转反侧，他为不能送卡佳一程而唏嘘不已，晚饭时他只是象征性地喝了点粥。陈林庆因为多日忙碌，明天还要起大早上山为卡佳打墓，所以早早就睡下了。他的鼾声时隐时现。陈林月也熟睡着，她的睫毛在灯影中显得尤为浓郁，左手不由自主地弯曲着，仿佛要为谁送上一盏油灯。

我是多么想在离开白银那前的最后一夜出去走走啊。这里的人们开始播种了，牲畜的毛色泛出生机恢复的油光，腐烂的鱼腥气正被山上日益膨胀的松香气取代。听说夏季时人们爱到江边洗衣服，还喜欢将饭桌支到院子里吃饭，鸡和狗就温存地在一旁等候残羹剩饭。晚霞过后蚊群将起时，家家会点燃艾草，知道的是赶蚊子，不知道的还以为晚霞落到了谁家的院子里了呢。

可是我累了，再也没有力气到屋外的草场去走走，也不知院外的月光在亲昵谁的肌肤。

卡佳的葬礼结束了。我已经身不由己地坐上了离开白银那的长途汽车。在离开的那一瞬间我的双眼潮湿了。陈林月拉着我的手，说："古老师，明年跑冰排时再来白银那，行吗？"

卡佳的葬礼很隆重。一大早人们就纷纷拥到了乡长家。果然她住的是属于自己的一口美观大方的棺材。她在入殓时人们都拥到她身边最后望她一眼，她眉心上的那颗痣被阳光照得泛出钻石般的光泽。也就是在那个时刻，外乡的鱼贩子来了。人们因为他们的迟来而态度冷漠，他们却声称曾在城里见到过马家夫妻来上盐，他们向马家人打听白银那是否有鲜鱼，马占军说："白银那现在还没来鱼汛，不过老辈人说再过一个礼拜会有鱼的。你们晚点再去吧！"

于是人们对马家人已经克制下去的愤怒复又燃烧起来。当乡长的儿子摔过丧盆，扛起灵幡在棺材前面准备送他母亲上路的时候，马占军夫妇突然出现了。空气骤然变得沉闷起来。他们手中各自提着一串纸叠的鱼，看来是来祭奠卡佳的。

"你们来干什么？"乡长的儿子走到他们面前。

"我们来送送卡佳。"马占军说这话时哆哆嗦嗦的，他手中提着的纸鱼也随之哆嗦不已。

已经明显消瘦了许多的乡长这时忽然走到人群中央，他清了清嗓子，突然大声说："我要在卡佳上路前说上几句话，也算送送卡佳吧。大家都知道她是怎么死的，开始时我也想给她报仇。"他面向儿子说："你的举动我也看出来了，你裹了汽油弹，可是你妈妈最不喜欢在别人认错后还怪罪人家，我也是一样。昨天早晨我们已经没花一分钱就得到了盐，掐断的电话线也被接了起来，所以我把话说在头里，任何人也不能再对马家人采取报复行动。"他再一次针对儿子说："尤其是你，你妈妈向来是与人为善的。"乡长用手搓了一把脸说:"马占军夫妇是来送卡佳的,就让他们跟我们去墓地吧。他们也是咱白银那的人,我相信他们以后会变的——"

马占军夫妇不由得号啕大哭。大家也随之哭起来,我也流泪了。当葬礼主持让灵柩高起,卡佳将永远离开她生活了多年的家时,连外地的鱼贩子也跟着落泪了。我们一行人慢慢地送卡佳来到山上,将她送入泥土。山上绿树蔽天,小鸟因为受了惊扰而盘桓着在树梢鸣叫。我很想在葬礼结束后去黑龙江畔再坐上一刻,可是路过白银那的长途车已经在召唤我上路了。

我打开地图,地图上仍然找不到白银那。也许真是由于它太小太小,地名又太美太美,它才逐渐地像一条鱼一样在地图上消失了。不过我却清楚地记得在十八站的客栈里向店主打听白银那时他说过的话:"白银那离这儿不远了,每天都有一班长途车路过那里。你去吃那里的开江鱼吧,那里的牙各答酒美极了!"

图书在版编目（CIP）数据

原始风景 / 迟子建著 .—北京：作家出版社，2021.9
（迟子建作品）
ISBN 978-7-5212-1171-9

Ⅰ.①原… Ⅱ.①迟… Ⅲ.①中篇小说－小说集－中国－当代　Ⅳ.① I247.5

中国版本图书馆 CIP 数据核字（2020）第 217491 号

## 原始风景

作　　者：迟子建
策　　划：省登宇
**责任编辑：周李立**
**装帧设计：好言好羽**
出版发行：作家出版社有限公司
社　　址：北京农展馆南里 10 号　　邮　　编：100125
电话传真：86-10-65067186（发行中心及邮购部）
　　　　　86-10-65004079（总编室）
**E-mail:zuojia @ zuojia.net.cn**
**http://www.zuojiachubanshe.com**
印　　刷：北京盛通印刷股份有限公司
成品尺寸：145×210
字　　数：190 千
印　　张：6.875
版　　次：2021 年 9 月第 1 版
印　　次：2021 年 9 月第 1 次印刷
ISBN 978-7-5212-1171-9
定　　价：49.80 元（精）

作家版图书，版权所有，侵权必究。
作家版图书，印装错误可随时退换。